王族／著

駱駝 Camel

走訪哈薩克族牧區

序

駱駝志

駱駝一出生就會走路。據牧駝人講，幼駝從母腹中出生後，四蹄一著地便站了起來，揚起頭好奇地打量著這個世界。僅僅一天，它就能跟著母親到處跑，並把嘴伸向那些鮮嫩的草葉，看見小溪或河流時，懂得到河邊去喝水。駱駝約在四千萬年前產於北美，後在南美和亞洲廣泛繁殖，但其出生地的數量卻日漸減少，以至於如今已不見一峰駱駝的身影。

一隻幼駝如果出生在春天，在一個夏季就已經長大不少，而且身上會長出一層粗毛，入冬後，這層粗毛就可以幫它避寒，無論天氣如何寒冷，大雪飄飛，它都不會覺得冷。其實，除了這層毛之外，它身上的脂肪也可以使它保持體溫，在冬天不怕任何嚴寒。過了冬天，沙漠迎來了春天，那些為數不多的樹木泛綠發芽，很快就長出了葉子。這時候，所有的駱駝都遇到了一個難題，它們身上的粗毛因為一直持溫，使它們燥熱難當，大汗淋漓。它們在沙漠上奔跑，渴望能把身上的粗毛抖落掉，但那些粗毛是從肉裏長出來的，怎麼能被抖落掉呢？它們絕望了，站在沙漠中無奈地望著遠處積雪的山峰。這時候，奇蹟出現了——它們的體內湧動起一股悸痛，讓它們的身體開始發抖。還沒等它們明白是怎麼回事，身上的那些粗毛卻像是被一隻無形之手拔落了似的，一根根掉了下去，在沙土上落了厚厚一層。駱駝在冬天長出的粗毛，在夏天會自行脫落，它們的身體因此變得油滑光亮，在太陽一照便閃閃發光。駱駝明白了造物主在自己身上設置的這一神奇密碼，在第二年夏天到來時，它們便再也不會為身上的粗毛而慌張恐懼了。

沙漠是上帝安排給駱駝的家，乾旱，赤野，很少有植被生長，但任何一匹駱駝都在沙漠中樂於天命，不會棄沙漠而去。相反，它們很能適應沙漠，總是能夠找到適合自己生存的地方。時間長了，當很多動物都逃離或斃命於沙漠時，駱駝卻總是極其安靜地站立於沙漠中，或緩慢而從容地行走，如果風沙持續的時間長，它就用身軀擋住主人，然後用嘴去拱沙子，拱出一個大坑後讓主人進去，它則臥在邊上繼續擋風沙。如果沒有人，它則將頭深深地伸入沙坑，等著風沙過去——細心觀察過駱駝的人說，駱駝在風沙將天地遮掩得一團烏黑時，除了駱駝之外，沒有任何動物敢向前邁出一步。駱駝可以在沙塵暴中準確無誤地前行，得力於它們的好體力和對道路的記憶。由此可見，駱駝的記憶力在所有動物中首屈一指。

如果不需要前行，駱駝會迎著風沙臥下，用身軀為主人擋住飛舞的沙礫。駱駝的眼睛有兩層睫毛，木壘的長眉駝則有三層睫毛，這些睫毛可以擋風沙，讓它們的眼睛不受任何損傷。駱駝的耳朵裏有毛，同樣也是擋風沙的有力屏障。最有意思的是它們的鼻子，在沙塵暴中，它們可以調動氣息把鼻孔像門一樣閉合，把飛到鼻孔前的每一粒沙子都拒之「門」外。狂妄的大風，粗硬的沙礫，在駱駝的這些柔軟、自開自閉的屏障跟前無計可施，最後均消失於浩渺的大漠煙塵中。在風和日麗的日子，駱駝的眼睛睜得很大，對四周的景物看得一清二楚。駱駝之所以有超凡的記憶力，也許與它們平時看得多有很大的關係。它們看得多了，便明白了這個世界的很多事情。最有意的是它們的眼睛，有的人，可以在駱駝的眼睛裏看到自己的影子；有的人，卻什麼也看不到。時間長了，這樣的情景被人們說成只有好人的影子才可以在駱駝的眼睛裏出現，而在駱駝的眼睛裏看不到自己的影子的人是壞人。

沙塵暴過後，沙漠中晴空萬里，氣溫仍然很高。這時候駱駝則像以往一樣行走或覓食。剛才的沙塵暴使沙子變得鬆軟，人踩進去轉眼間便不見了雙腳，有時候甚至會被陷得很深。但駱駝卻不存在任何困難，它們的腳掌寬厚扁平，走路時又可以叉開腳趾，所以它們的腳掌便猶如柔軟的肉墊子，使自己的行走穩健而結實。除了行走的超凡本領外，駱駝耐旱的本領也堪稱一絕。駱駝遇到可飲用的水時，會把頭伸進水中長飲一通。有人曾見過驚人的一幕：有一水窪中大約有三百多升水，一峰駱駝一頭探入，用了十幾分鐘時間將其一飲而乾。駝駝之所以喝水多，是為了在缺水時使身體的水分消耗能保持平衡。在酷熱的夏天，駱駝排水很少，在氣溫約四十度時才會出汗。平時它們不輕易張嘴，如此這般便在沙漠中八天不喝水也不會被渴死。除了水之外，駱駝單峰或雙峰中的脂肪會分解成駱駝所需的營養和水分，使駱駝在困境中得以繼續維持生命。據記載，駱駝曾保持了十七天不喝水而仍然能夠存活的驚人紀錄。

也許因為水是駱駝的生命之源，所以駱駝對水的感應特別靈敏。夏天熱得實在不行時，駱駝會找到地下有水的地方臥下，讓濕潤的地氣幫自己降溫。牧民掌握了駱駝的這一習性，在放牧時如果缺水，就在駝駝臥過的地方向下深深挖掘，挖到一定的深度，便有汩汩冒出的水讓他們欣喜若狂。有一年，一群牧民在沙漠中遇到了乾旱，他們放出一峰駱駝去找水，他們相信它一定能尋找到水源。幾天後，因面臨人畜嚴重缺水的嚴峻事實，牧民們不得不趕著牲畜轉場到別處去尋找水。他們走的那天，那匹駱駝仍沒有回來。他們輾轉了很多地方，最後終於找到了一個水草豐美的牧場。這時候，從另一個地方傳來一個消息，那峰在那個地方找到了水，一直在等他們過去。最後因主人一直沒有走到它身邊，它餓死在了那兒。

草是維繫駱駝生命的最佳食糧。有人不理解，駱駝的軀體那麼高大，居然是食草動物，那些細嫩柔軟的草被它們吞食入腹之後，居然化做了無形的居大力量，支撐起了那麼大的軀體，一旦快速行走或跑，頓時讓四蹄下的沙子旋飛起一層細浪。實際上，駱駝並不挑食，而且在吃這一方面似乎是動物群中的謙謙君子，它們把好吃的草讓給了那些嬌氣的動物，而自己則吃多刺植物、灌木枝葉和乾草。沙漠中有一種叫「駱駝刺」的草，其名就是因為駱駝喜歡吃而得。駱駝刺形同其名，枝葉上均上有尖利的刺，但駱駝卻對此物極為喜歡，舌頭一伸一卷，便吞入嘴裏嚼碎嚥下。

在平時，駱駝給人們留下了持重、沉穩、執著、堅強、沉默、冷峻等印象，關於駱駝的形象大多是硬朗的，更趨向於雄性化。但在人們都津津樂道的駱駝話題之外，尚有很多鮮為人知的感人之處。看過駱駝的眼睛的人都說，它們的眼睛太漂亮了，不管誰走到它們跟前，它們的眼睛都不會眨動一下，除了在很少的時候眼睛裏會出現人之外，更多的時候會出現藍天、沙漠、草原或湖泊的影子。只白天，駱駝只是安靜地用眼睛看，無論看到怎樣高興的事情，或不高興的事情，都不會有任何反應，不發出任何聲響。由此可見，駱駝是最能榮辱不驚的動物。

天黑了，沙漠和遠處的雪山都模糊成了黑色的輪廓，駱駝或站或臥，安靜得像一塊石頭。有人說如駱駝和牛羊一樣是從不睡覺的，一輩子沒閉上過眼睛。正因為它們不睡覺，所以看到的世界一定比需要睡覺的動物多得多。在白天，駱駝已經不動聲色地看了很多，到了晚上，它們便像牛反芻食物一樣將白天所看到的事情在內心反芻一遍，這樣，它們在內心便對很多事情又有了更深刻的認知。實際上，駱駝和狗、馬、牛等動物一樣是通人性的，它們熟知人的生活，更懂得人的行為。有的牧民外出放牧時生病或遇到生命危險，無法挪動身子回家，駱駝會奔跑回家，對著他家裏人痛苦地嘶鳴，他家裏人從它們的叫聲中便知道外出放牧的人出事了。

早晨，它們被主人趕著外出，它們會向著太陽的方向抬頭凝望一會兒。牧民說，它們的這種習慣實際上是在確定方向，在早晨認定了太陽所在的位置後，在一天之中不論天氣如何變化，它們都不會迷失方向。有一峰邊防連駱駝走失，戰士們苦苦找尋幾天，終無下落。到了第三年，一支由士兵巡邏，看見那峰駱駝的屍體裸露在沙漠中，它皮肉已消失殆盡，但它的一個姿勢卻很清晰——它四腿向前，頭顱努力向前伸著，似乎至死都在掙扎著想爬回。

駱駝是被人馴服，為人類服務的最大的牲畜。它們因為四肢長，足柔軟，適於在沙漠或雪地上行走，所以在很多時候都用來當作馱具或被人騎用。它們雖然看似龐大，而且行動遲緩，但在馱東西時從臥著的地上站起時，卻異常靈敏，幾乎在一瞬間用胸部和膝部撐地，一下子就站起來了。它們一小時可以走三至五公里，一天可以行走五十公里。牧民們轉場時，把他們的家當綁在駱駝的雙峰間，讓它們馱著走。這時候，牧民的家就全部都在駱駝的背上了，隨著它們四蹄緩慢移動向下一個收場。

駱駝受傷後絕對不會讓人看見，它會獨自離開，哪怕走很遠的路也要找到一個不會被人輕易發現的地方養傷。待傷養好後，才會回到駝群或主人身邊。駱駝的自我保護能力也很強，而且很有保護方法。一隻狼想偷襲一隻駱駝，跳到它背上準備咬它的脖子，但無奈駱駝的身軀太過於高大，狼無論如何都夠不著它的脖子。狼在白費力氣，駱駝卻已經開始實施自我保護措施。它快速奔跑起來，狼怕掉下去摔死，便緊緊趴在它的雙峰間不動。駱駝一直把狼馱到了一群人中才停下，人們一看它背上的一雙綠幽幽的眼睛，就知道是狼，於是在狼跳下駝背時便圍住狼將其打死了。

駱駝的生命在三十到四十歲之間，當它向意識到自己快不行了時，便會悄無聲息地離開駝群或主人，一直走到自己出生的地方去。很多駱駝一生中最後要完成的事，就是堅持著走到出生地，然後在那裏死去。

目次

1 駱駝中的美人

在哈薩克族牧駝人葉賽爾家，我耐心等待著他家的長眉駝從沙漠中歸來。

我來看長眉駝，是因為幾張照片引出的一次驚喜——為她所供職的報社去木壘縣採訪，見到了長眉駝，拍了幾張照片帶了回來。我第一眼看見的時候，便驚訝不已——這些長眉駝真是太美了，眉毛又細又長，自眉角向兩頰垂下，將臉龐圍攏得如同一輪圓月。長眉駝的眼睛更是與普通駱駝的眼睛不一樣——普通駱駝的眼簾有兩層，可很好地防風沙，而長眉駝的眼簾有三層，使一雙眼睛顯得又大又圓，頗含傳情之態。它們身上的毛也很長，自上而下在渾身細細密密垂落得像流蘇。因為眉毛長，人們乾脆不叫它們駱駝，而是稱它們為「長眉駝」。人們說著「長眉駝」這三個字的時候，語氣間充滿了讚賞之意。

妻子還帶回了消息，長眉駝在中國也就三百多峰，比國寶大熊貓還少，而牧駝人葉賽爾家就有近二百峰。她說，木壘的人只要提起它們，就特別強調它們叫長眉駝，不能籠統地把它們稱為駱駝。我想，在平時，駱駝給人們留下了持重、沉穩、執著、堅強、沉默、冷峻等印象，關於駱駝的形象大多是硬朗的，似乎更趨向於雄性化。而這些長眉駝卻顯得陰柔，一副亭亭玉立，溫柔可愛的模樣。尤其是分外細長濃密的眉毛，更是顯出了幾分嬌柔的姿態。

我決定去看長眉駝。本來高貴得超群絕倫的長眉駝就已經讓人內心激動，現在又有了比普通駱駝多一層眼簾的話題，一下子便讓人內心猶如沸騰的水一般不能安靜了。如此情形，豈有不去看之理。

去木壘的路上仍看見了駱駝。仔細看過幾眼後，發現它們是普通的駱駝，而不是長眉駝。沙漠，駱駝，初顯綠意的春天，在車窗外慢慢被拋在了身後。這是一些沒有超出想像的景象，只要有沙漠的地方就有駱駝，因為它們從不跟別的牲畜爭草場，習慣於在乾旱的荒漠地區生活，這便讓它們長期享有「沙漠之舟」的美譽。這一美譽背後似乎隱藏著一些沉重，比如駱駝能夠忍受乾渴、饑餓和炎熱，負苦重，等等。牧人們常年在這裏放牧，有水了吃清燉羊肉，沒水了吃乾饢，那一群群駱駝被他們趕到沙漠中去覓食，他們漸漸地形成了所獨有的生活方式：牧駝。

我們的車子從木壘縣行進了兩個多小時，到了托拜闊拉沙漠草場。托拜闊拉猶如一塊被時間澆鑄的琥珀，沒有人知道它的確切歷史。夏天，這裏是黃綠相間、亦沙亦草的沙漠草場；冬天，這裏會被積上厚雪，雪地上只有一條人畜踩出的路。在這樣一種地理環境中，一切都沒有了，只有一樣東西佔據著人心裏殘存的意識，那就是路。路可以主宰人內心所有的時間和空間。

下了車，感到一股乾燥的冷氣摻在空氣中，風起時，便猛地抖出一聲聲響，粗硬得如刀子一般割著臉頰。舉目四望，只見鐵青黑硬的礫石成攤成片地鋪向遠處。遠處，便是沉寂模糊的山巒。乾旱、赤裸、蠻荒、貧瘠——該怎樣形容這個地方呢？

下午，我在葉賽爾家聽見外面傳來了牧人低低的吆喝聲，我出門跑到他家屋子後面的沙包上，看見龐大的駱駝群朝這邊走來了，一群群高大的身軀在沙地中緩緩走動，掀起的沙塵把茫茫荒灘和灌木叢都裹了進去，駝群身邊升起一道黃色塵霧。

我吃驚地看著，很快，一大群駱駝走到了我面前。怎麼說呢？最吸引人的仍是它們長長的眉毛，又濃又密，遠遠地便吸引了人的眼球。有風刮過，它們身上下垂的毛便隨風飄起，像有無數細絲在飛揚。風停後，一根一根長眉緩緩落下，像柔軟的手臂一般圍護在了雙眸周圍。也許是這些毛太細太長的緣故，被遮掩在裏面的雙眸顯得更幽深更大了。

我走過去，本來想看它們的長眉，但我卻從一峰長眉駝大大的眼睛裏看到了我的影子。這一刻，我和它都盯著對方一動不動地在看，我覺得它的眼睛像一面鏡子，一下子似乎照透了我，讓我有一種赤裸感，加之它的眼睛是這麼美，頓時又讓我有了幾分羞怯感。我因為緊張，不自然地動了一下，我看見我的影子在它眼睛裏倏然不見了。

誰可以在駱駝的眼睛裏長存？有一句諺語說：「有的人，可以在駱駝的眼睛裏看到自己的影子；有的人，卻什麼也看不到。」如此說來，只有好人的影子才可以在駱駝的眼睛裏出現。我今天在長眉駝的眼睛裏看到了我的影子，我是一個好人。

細看，它們確實有三層眼簾，比普通駱駝多了一層。來之前就聽人說了，這三層眼簾除了好看之外，抗風沙的能力要比普通的駱駝強得多。美而且實用，我喜歡這樣的東西。當然，它們身上的毛也頗為引人注目，當它們彎下脖頸的時候，身上純白或金色的毛像一匹光滑的綢緞一樣流瀉下來。真像一位位雍容華貴的美人啊！以前，當地人稱它們為「獅子頭駱駝」，長眉駝則是它們後來的名字。因為它們血統珍稀，加之外表又奇美，所以當地的牧駝人便順理成章地叫它們「長眉駝」。這個名字在哈薩克族語中稱為「烏宗克爾蔔克提玉月」，意思是「長睫毛駱駝」，因為它是木壘縣所獨有的，後來在名稱中加了地名，叫「木壘長眉駝」。

天已黃昏，它們一一歸圈。一走動，這些很有美人氣質的長眉駝變得有幾分陽剛，它們的身軀是龐大的，在荒野中隨時可以踏過草叢，而這會兒地上的積水則在它們蹄下被踩成泥濘。它們行路時昂首的神俊與騎士的精神氣質是多麼相似。我突然覺得，看它們站立不動的美人之姿和走動時的陽剛氣度都是一種享受。這就是它們在蠻荒之地生存的一種姿勢，一種力量，也是生命的一種例證。

長眉駝，靜若處子，動若勇士。

2 發情

我原以為長眉駝的夜晚是安靜的，不料，天還沒有黑，有一峰長眉駝卻不安靜了。它用力撞開圈門，在院子裏跑來跑去，一副急不可耐的樣子。它的身軀本來就高大，現在一急，四蹄把院子踩得咣咣響，好像要把院子踩翻似的。

少頃，它開始嘶叫，臉上出現了不可思議的古怪樣子，嘴裏往外冒出一層厚厚的白沫子。它臉上的白沫子很多，但卻不掉下，糊滿了整張臉，把眼睛都蒙住了。它用力甩去眼睛上的白沫子，急切地向四周張望，在尋找著它急於想尋找的東西。

我以為它病了，一問葉賽爾才知道，這是一峰公駝，正在發情期呢。噢，它們發情的時候會口吐白沫，這一點與別的動物都不同。動物的情欲和人一樣，都是肉體深處湧起的熱流，無論多麼強烈，都在體內鼓脹。有的動物在交配時從不讓外者看見，比如狼，它們在交配前會經過一番長途奔跑，直到找到一個它們認為安全的地方才交配。如果它們交配時被外者看見，它們就會拼命去撕咬對方，直至把對方咬死。因為只有把對方咬死了，它們才會覺得不會留下恥辱。所以說，動物們的性和人的性一樣，都是秘不示人的。但長眉駝的情欲卻有外在表現，一有性衝動便口吐白沫。這種性反應也許太直觀了，既使一隻母駝看見了，也不會過去把它臉上的白沫子舔乾淨，然後用身體蹭它，讓它爬到自己身上完成一次激烈的進入和噴射。長眉駝在發情時野性很大，常常將白沫子噴向路人。要是在發情期間一直找不到性伴侶的話，它們的脾氣會變得很暴躁，身體像是完全失去了控制，在戈壁灘上拼了全力奔跑，以釋放出在強健的四肢中束縛潛藏的野性和欲望。聽說有些眼睛被厚厚一層白沫子蒙住的公駝，在奔跑的時候會一頭撞在草場的圍欄上，樣子很慘。

我問葉賽爾：「它發情了，有沒有讓它解決的辦法。」

他說：「沒辦法，今天不巧，這裏沒有母駝。」

沒有母駝就真的沒辦法了。它仍在一刻不停地奔跑著，它體內的激烈一定已經像火一樣燃燒起來，如果沒有宣洩的辦法，它無論如何是不能安靜下來了。不知道它體內有多少白沫子，反正它的嘴角不停地往外冒著，讓它的臉變得像一個蛋糕。它幾次想衝出院子去，但無奈鐵大門已被鎖上，所以它便只能在院子裏打轉。幾圈過後，我看見它明顯地加快了速度，龐大的身軀在院子裏一起一落便躥出很遠。它似乎只有這樣才能消耗掉體內的激烈，除此別無辦法。

這時，從外面進來了一對情侶，他們也是從烏魯木齊來這裏看長眉駝的。小夥子對滿臉白沫子的長眉駝很好奇，想湊近看個仔細，但長眉駝亂踢亂晃的四蹄卻逼得他不得不後退。他女朋友一把拉住他，生怕他出意外。他女朋友很漂亮，緊身T恤和牛仔褲使她高挑豐腴的身材顯得凸凹有致，把少女的軀體美淋漓盡致地展現了出來。當她從葉賽爾的介紹中得這只長眉駝正在發情時，臉上有了幾分羞答答的神情。我還注意到，她把身體挨在了男友身上，緊緊抓住了他的手。

過了一會兒，長眉駝慢慢安靜下來了，但它卻把頭一揚，把嘴角的白沫子噴了出去。小夥子由於離它很近，被噴在了臉上。他的臉一下子便變得像長眉駝的臉一樣，白花花的一片。葉賽爾看看他，又看看他女朋友，開玩笑說，你也發情了。他被窘得不知說什麼好，愣愣地用手把臉上的白沫子抹了下來。

我對他說：「你去洗洗臉吧，比起長眉駝，你幸福多了，你今天晚上有女朋友嘛！」他一聽我這麼一說，有些不好意思，拉著女朋友的手往屋裏走去。他女朋友跟在他身後，臉上泛起了一層羞澀的紅暈。

3 述說和傾聽

第二天，我才見到了阿吉坎・木合塔森老人。他瘦削而蠟黃的臉上，細密的皺紋無所不在。尤其是一雙渾濁得有些暗黃的眼睛，微微瞇成了一條縫，讓人疑惑已經看不清東西了。我想，他的眼睛是被一年一年的風吹老的。細看他，我突然覺得，似乎在哪裡見過這位老人，而且好像還很熟悉。也許，因為哈薩克族的牧民都長著這樣一張面孔，而我近二十年在新疆遊蕩，便對這些極為相似的面孔有了熟知感，所以便覺得在那裏見過他。我甚至熟悉他的背影，他上炕的姿勢，他咳嗽的聲音——中國人素有「面熟」這一說，想來還是有一些道理的。

他是哈薩克族，講哈語和漢語。他講的哈語我很難聽懂，需要他三十多歲的兒子翻譯一遍。從他的神情中可以看出，他的兒子只能翻譯其中的一小部分，大部分只能翻譯出大概的意思，無法準確轉述。他的幾個孫子雖然能聽懂哈語，但聽不懂他在說什麼事，爺爺說的那些事情，課本裏都沒有，他們很難接受。他於是有些著急，便用不太流利的漢語開始和我們交談。應該說，這位老人是語言天才，他知道用漢語無法向我們表達清楚，便使用了一些形象語言。比如說到母駝下崽，便說是完成公駝交代的任務；說駱駝耐力強，便說它身體裏有十個駱駝的力氣；說駱駝的速度快，便說它把藏在身體裏的翅膀拿出來用了一下；說駱駝因為累而變得很瘦，便說它把身上的肉交給了腳下的路……慢慢地，他放鬆了，也興奮了，言語間妙語聯珠，多出現引人捧腹之語。

傾聽是一件幸福的事情，尤其是聽一位哈薩克族老人講述駱駝。從他的講述中，我知道了人們之所以喜歡駱駝，是因為駱駝綜合了十二生肖的特徵：兔子嘴、豬尾巴、虎耳朵、蛇脖子等等，是許多動物的集合圖騰。正是這種真實的存在，讓人們建立起種種對應關係的文化想像。

人們相信駱駝與其他動物一樣，與人的心性是相通的。那些牧駝人說起駱駝時，語氣中都有幾分特殊的親昵。阿吉坎・木合塔森老人說駱駝像牛和羊一樣，是從不睡覺的，一輩子沒閉上過眼睛。聽他這麼一說，我覺得它們正因為不睡覺，看到的世界一定比需要睡覺的動物多得多。

牧駝人把駱駝看成是上天的禮物，一種神聖的動物。他們吃駱駝肉，喝駱駝奶，駱駝的毛細軟，可做各種耐用的織物，而在西域古典時代的占卜術和詩歌中，腳力迅速而又安全可靠的駱駝是作為慈善和高貴的牲畜出現的。駱駝沿著古代絲綢之路走到了今天，曾掀起過歷史的波瀾，把我們帶到了時間深處，它無疑是文明生活的使者。

阿吉坎・木合塔森說，他的爺爺艾吾巴克爾十五歲就給別人家放牧，因為放牧精心，膘抓得好（將駱駝牧養得健壯），人們都願意把自己的牲畜交給他代牧，十八年後，艾吾巴克爾有了自己龐大的駝群了。按照多年養駝的經驗，他相信，只要駱駝的品種好，毛肉都可以賣錢。就這樣，他一有機會就與他人交換種公駝，從不近親繁殖，以保護它們血脈的絕對純淨。艾吾巴克爾的這種做法，現在的新名詞叫雜交和改良。艾吾巴克爾沒讀過一天的書，可這個選育方法他早就懂了。

訴說和傾聽，時間似乎總是過得很快。不知不覺夜已深了，阿吉坎・木合塔森的兒子和孫子都打起了呵欠。他示意一下，他們便獲得了解放，一一去睡覺了。老人意猶未盡，拿出了珍藏的一塊保留了長眉的骨頭讓我看，可以肯定這塊骨頭是長眉駝長眉毛的那個地方的。骨頭顯得很白，摸上去像玉一樣有幾份細潤之感。至於駝毛，明亮而又筆直，用手一摸頓時便有幾分柔軟細膩之感。

從阿吉坎・木合塔森對這件東西愛不釋手的情形可以猜出，這是他的寶貝。

我們倆躺在坑上，他說起了這件寶貝的故事。他曾養過一峰漂亮的長眉駝，它很聰明，能聽懂他的話，他一呼喚，它便馬上跑到他身邊。有一段時間，他外出牧駝時總是和它在一起，大家開玩笑說那峰長眉駝是他的老婆，他聽了嘿嘿一笑，並不生氣。一天，他的這峰長眉駝走失了，被一群狼圍住，咬傷了身上的很多地方，不光腿已無法站穩，就連脖子也血流如注。它掙扎著跑到了一棵胡楊樹前，把自己的頭顱伸上去架在一個樹杈上，然後便不動了。狼群一擁而上，撕咬它的身體，甚至咬斷了它的脖子，它龐大的身軀轟然倒地，狼群瘋狂地進行了一場饕餮。之後，狼群離去，阿吉坎・木合塔森找到出事點後，看見它的頭顱仍架在那個樹杈上，那幅漂亮的長眉和頭上長長的駝毛完好無損，正隨風飄拂。他爬上樹將它的頭顱取下，一路抱著默默回家。他知道，它在生命的最後時刻已無惜自己的軀體乃至生命，但卻一定要保護住長眉。它知道自己的長眉很美，人們很喜歡，所以它選擇了那樣的死亡方式。它死了，但它的靈魂沒有死，因為它把美留下了，它的靈魂會因美而永生。

阿吉坎・木合塔森講完這個故事，便睡著了。作為一個牧駝人，有這樣的經歷，可謂是精神上的巨大財富。而當他講述一次後，他的心靈其實也隨之進行了一次歷練，隨後，便可酣然入夢。

我作為一個傾聽者，似乎也隨之領取了巨大的精神財富。恍然入睡之際，我仍在想，有多少昔日發生在荒灘上的長眉駱故事，都已悄無聲息地沉入了時間深處。

4 被太陽帶走

一大早，長眉駝們要外出覓食了。葉賽爾背著足夠一天食用的鑲和水，神情黯然地準備出門。長眉駝在沙漠草場上吃少得可憐的草，牧駝人長年累月吃簡單的鑲，喝冰涼的水，古老的遊牧方式就這樣一直被維持了下來。長眉駝們從圈中走出時的步伐顯得很緩慢，它們似乎在一夜間並沒有養足精神，一峰峰看上去無精打采。從圈門走到院子裏居然走了十幾步。我清楚地記得，昨天黃昏它們歸圈時僅用四五步就入圈了。我不知道這是為何。然而更讓我吃驚的是，它們走到院子中間卻停了下來，一峰峰像是畏懼什麼似的，顯得很焦慮。

比長眉駝更焦慮的是葉賽爾，他既不趕長眉駝，也不吆喝，只是陰沉著臉在它們身邊走來走去。這就怪了，早晨外出放牧，應該說是人和長眉駝高興的時候，但人和長眉駝卻為什麼都不高興呢？不知是哪般心事在共同困擾著人和長眉駝。

院子裏的氣氛變得沉悶起來，似乎有一種鬱悶而又沉重的東西從長眉駝的身體裏瀰漫出來，把一切都遮裹了進去。葉賽爾的咳嗽聲在這時不合時宜地響起，使氣氛一下子顯得更沉重了。來這兒僅僅一天一夜，我便發現葉賽爾在不停地咳嗽，從聲音上聽好像並沒有什麼病，但他就是在不停地咳嗽，似乎已經養成了一種習慣。他的這一習慣讓人覺得牧駝這一職業的沉重，他也許在艱難地忍受著什麼。

我正這樣胡思亂想著，長眉駝們卻有了變化。它們像是突然聽到了召喚似的，齊刷刷地抬起了頭，然後向院外快速走去。短短的時間裏，從神情到步伐，它們儼然變成了另一種駱駝。出了門，它們再次停下，抬著頭向沙漠盡頭望去。沙漠盡頭，初升的太陽像一個火爐中的圓球，沾滿了猩紅的火星，正一點一點在上升。

我明白了，它們剛才在等待著太陽出來，等待的過程讓它們充滿焦慮和不安。我想起曾有人對我說過，駱駝在一天之中只有早晨的太陽升起時，會抬頭眺望太陽，其餘時間都會低著頭。怪不得我們平時所見到的駱駝都是低著頭的。在後來離開長眉駝之後，我又知道了駱駝在早晨眺望太陽之後，就會認準方向，在一天之中從不會迷路。從牧民講述的種種關於駱駝的故事中，我們知道駱駝不論遇上怎樣的風沙都不會迷路，其原因就在於它們在早晨就已確定了方向。一天之中，太陽從東到西，方向一直裝在駱駝的內心。

太陽一點一點脫落了猩紅的火星，升上了天空。駱駝們變得急躁起來，大聲呼吸，打著響鼻，邁開步子上路了。葉賽爾不再咳嗽了，大聲吆喝著，聲音頗為響亮。駱駝們沉重的步伐聲，人的吆喝聲，彙成了這一天牧駝的序曲，在沙漠中響徹。

慢慢地，駱駝們走遠了，沙漠中濃厚的地氣使它們變成了模糊的一團。再遠一點，它們便幾乎和地平線融為一體，讓人疑惑它們是山巒，是樹木，是石頭，是一條悄無聲息流淌的河流……駱駝們被太陽帶走了。

5 回家的路有多長

我這幾年鍾情動物，一寫到它們，往往讓我驚駭……我只是在目睹之後當了一個記錄者，但內心迷戀的，卻是大千世界遠比文字虛構和敘述的豐富。

在阿勒泰，我癡迷於許多關於動物的故事。第一次聽到的動物的故事是有關駱駝的，故事比較簡單，但時間跨度卻很長，前前後後把一件事持續了三年。是在阿勒泰中哈邊界的一個邊防連，有一天一峰駱駝走失，戰士們便到處找它。戰士在年輕的時候是盡職和真誠的，苦苦找尋幾天，終無下落。戰士們回去後，事情便不了了之。過後，沒有誰再想起它。到了第三年，又一支由士兵組成的巡邏分隊去邊界線一帶，翻過一個小山包，臨近邊界線時，就出現了讓他們驚訝的一幕。那峰駱駝的屍體裸露在兩國的邊界線上，幾年時間下來，皮肉已消失殆盡，但它的一個姿勢卻很清晰。它四腿向前，頭顱努力向前伸著，似乎做過奮力向前爬行的掙扎。士兵們的心為之動盪，它在嚥氣的一瞬，一定仍想爬。你說它想爬回故土也罷，想爬回中國也罷，總之，它一直掙扎到死。不必再用什麼來讚美品格，一峰駱駝的行為，便證明了一切。

但會不會有更為神奇的細節在裏面呢？比如說一峰駱駝行進在荒蕪的大漠中，走著走著，就進入了大漠的奇異之中。大漠的奇異是千變萬化的，因而駱駝的遭遇或許也會發生變化。

很快，我就遇到了一個難解的問題，別人問我，駱駝走在沙漠中時，頭朝前還是朝後？我想，駱駝因為保持了一貫的行走姿勢，它的頭一定是朝前的。別人又問我，假如一場大風沙刮起時，駱駝會不會有所變化呢？我又想，變化肯定是會有的。但究竟怎麼變，我卻不得而知。從此，這個問題纏繞在我心頭，我儘管想努力弄清楚事情的真相，但卻不願去猜測。因為我覺得駱駝的頭在大風刮起時到底朝向什麼方向，一定是非常奇特的一幕。

後來，一位在沙漠中趕駱駝的維吾爾族老漢幫我解開了心中的疑團。他說，當一場大風沙刮起時，駱駝立刻掉轉方向，把屁股對著風沙，讓風不停地吹。如果風沙持續的時間長，它就用身軀擋住主人，然後用嘴去拱沙子，拱出一個大坑後，讓主人進去，它則臥在邊上繼續擋風沙。如果沒有人，它則將頭深深地伸入沙坑，等著風沙過去……給我講這些故事的維吾爾族老人眼窩深陷，說話不動聲色，好像這樣的事情對他來說實屬平常之極。我驚異于他身上的平靜，還有駱駝在大風暴刮過來時的從容，其實都與沙漠有關，當沙漠變得幾近于災難時，駱駝和人反而從容面對，可以說，是災難讓駱駝和人找到了在沙漠中生存的另一種狀態。

現在，我注視著我身邊的駱駝，我覺得它們就像與我交談過的人一樣，我被它們身上表現出來的神異感動著，我在這種感動中一再相信……中亞有神。

之後又聽說了許多駱駝在沙漠中的故事。比如它們看人時，人在它們瞳孔中會出現不同的影像，如果你是一個少女，它的眸子會變得清澈明亮；如果你已為人婦，它的眼眸會有一絲淡淡的光暈，似是為你身上成熟的美所感動……它的眼睛就是一面鏡子，不論你年齡幾何，在裏面都會有一個清晰的影子。

人是貪得無厭的，不懂得體味，總是追問駱駝客，還有什麼好聽的事兒，給我們講一講。

一生與駱駝相依為命的老人不高興地說，駱駝的事情，它沒有給我說，我給你咋說哩。說罷，便不再理人。

6 名字

我對阿吉坎・木合塔森說：「你的長眉駝不光是木壘縣之最，而且是新疆之最，全國之最，乃至世界之最。」

他哈哈一笑說：「你講的事情太遠了，我不知道。我老了，太遠的事情幹不了了，我就在這兒放長眉駱，不是挺好嗎？」

我問他：「在這一百多峰長眉駝中，如何辨認出哪個是頭駝？」

他說：「沒有頭駝，每峰長眉駝都有自己的名字，叫名字就行了。」

我細問之下才知道，他家的長眉駝大多都有名字，比如：

木凱西：像摩托車一樣跑得快的駱駝；

蘇提皇吾爾：產奶多的駱駝；

哈吉提：有用處的駱駝，與葉賽爾家的小男孩同名，因為都是同一天降生的，現在都有三歲半了；

吾庫楞汗：像新娘帽子上的羽毛一樣的駱駝；

桑達利：像「二杆子」一樣魯莽的駱駝；

沙勒莫音：長脖子的駱駝；

……

阿吉坎・木合塔森熟悉並瞭解它們中的每一峰，能準確無誤地叫出它們的名字，一點都不會錯。像人的名字僅僅是一個人的符號或標記一樣，長眉駝的名字也僅為一種符號，阿吉坎・木合塔森不叫長眉駝的名字，就能認出每一峰長眉駝，甚至聽它們走路的聲音，也能辨別出是哪一峰長眉駝，並能猜出它們是餓了還是吃飽了。他與長眉駝一起生存得時間長了，熟悉它們便如同熟悉自己的身體一樣。

幾天後，我和他坐在院子裏抽煙，長眉駝們回來了，他的神情一下子肅穆起來，豎起耳朵聽了聽說：「桑達利這個二杆子，今天急著往回趕呢，走在最前面；沙勒莫音的脖子不舒服，可能被胡楊樹枝紮了；木凱西今天跑得比平時慢多了，一定沒吃飽……」當晚，我和他的出去牧駝的兒子一一核實他的傾聽是否正確，結果一一應驗，很是驚人。

之後，我才知道還有一峰長眉駝與阿吉坎・木合塔森的小兒子同名，叫熱汗，今年二十四歲了。不久，我終於知道了這峰駱駝與阿吉坎・木合塔森的小兒子同名的原因。一九九二年的一個冬天，熱汗七歲，他這個年紀，已經整天跟在父親的後面「吆」（意為趕的意思）長眉駝了。那天，父親趕著長眉駝一大早就出了門。留下了熱汗趕著一群年幼體衰的長眉駝在離家不遠的草場上吃草。到了傍晚，暮色漸漸塗上了荒原，天陰了下來。突然，暴雪下起來了。雪在這赤裸荒漠中往往只是一個打前站的黑客，它後面還有風呢！不久，風就裹著雪刮了起來。風雪下得一會兒快，一會兒慢，長眉駝們拼命往回家的路上趕，好不容易衝出沙漠沒走多遠，卻很快又被裹在雪霧裏面了。如此折騰幾番，長眉駝們有一種被戲弄的感覺，索性放慢腳步，但這時候，暴風雪卻奇怪地停止了。

四周荒漠上赤野千里，一片潔白。混沌的天地靜悄悄地充斥著死寂的空氣。沒有了家的方向，熱汗迷路了。在這時候迷路是一件很可怕的事情，年幼的熱汗從未經歷過這樣的事情，他哭出了聲，在心裏希望父親能突然出現。但厲風在黑夜中呼嘯著，像是黑暗中奔突著數不清的惡狼。所有希望像微弱的小火苗一樣，都已被風雪掐滅了。這時候，熱汗感到身後有一張噴著熱氣的嘴頂著他的小小身軀往前面的道路上推，回頭一看，是長眉駝的嘴。不知過了多久，長眉駝頂著他的小身子，一路上跌跌撞撞地往背風的地方趕，最後到了一個低矮的雪峰下面，臥下了身子。熱汗快要被凍僵了的身體被這峰長眉駝緊緊裹在它又厚又密的長毛裏，頓時覺得又暖和又舒服。一股濃郁的駝毛氣息瀰漫著，很快就淹沒了他熟睡的臉龐。

第二天淩晨，阿吉坎・木合塔森帶著牧區的人遠遠地趕來，找到了在駝毛中熟睡的熱汗，還有走散的十幾峰長眉駝，一峰挨一峰在一起擁擠成了一堵圍牆，把熱汗擋在了風雪的另一面。它們的面前堆著積雪，而裏面卻不見一片雪。眼前的這一幕讓他們歎為觀止，一種很熱的東西在內心湧動，但他們無以言說，最後只能任由熱淚從眼眶中湧出。

太神奇了，我簡直聽呆了。這樣的事情猶如是神助。你真的存在嗎——托拜闊拉沙漠草原上的神？

從那以後，這峰救命的長眉駝就與熱汗同名了。如今，熱汗已經二十三歲，長眉駝「熱汗」卻已暮年。

剛才，葉賽爾從草場那邊「吆」回來的三十多峰長眉駝多是懷孕的母駝，有好幾峰就快臨產了，帶羔的母駝肚子重，每天只能就近吃草，怕走遠了出意外。葉賽爾說，長眉駝的妊娠期是十六個月，一般產二胎。這我倒是第一次聽說。他看我喜歡聽長眉駝的故事，便對我說，每一峰長眉駝的名字背後其實都有故事呢！這六十多個小長眉駝出生後，恐怕就有六十多個故事，到時候你聽都聽不完。

我堅信，在托拜闊拉沙漠草原上，一個新生命的孕育，以及一個名字的誕生，都必將經歷一個令人激動的過程。

7 誰留下了長眉駝

天黑了，我躺在阿吉坎・木合塔森家的床上，聽他講述關於長眉駝的來歷。他說：「曾有人對他說，長眉駝是你們家的，他糾正了那個人的說法，長眉駝是大地的，和我們人一樣，活著是對大地的承諾。」不瞭解實情的人會覺得這句話像詩歌，不應該從一個牧駝人的嘴裏說出來。但我卻對此深信不疑，因為前幾天我聽到阿吉坎・木合塔森一家人在唱一首關於長眉駝的歌時，裏面就有這樣一句歌詞，當歌詞熟爛於心時，其中的含義恐怕早已洞徹於靈魂。

他講述得很緩慢，水壺裏的水被火爐燒得「滋滋滋」地響著，像是另一種訴說。我其實挨阿吉坎・木合塔森躺著，他不時翻身的動作悄無聲息，讓我覺得他的身軀輕得像樹葉。來他家好幾天了，就是這樣一些細小、輕盈和模糊的東西一直吸引著我，讓我覺得自己正在向著一個隱秘的地方邁進。

他說，細數下來，長眉駝的歷史並不長，也就一百多年，這一百多年的事情在他心裏是一本清清楚楚的帳。（我驚異於他對長眉駝歷史的深刻記憶，換一種說法，這也是一種榮耀使然。）一八九九年，阿吉坎・木合塔森的爺爺艾吾巴克爾在沙漠中發現了一種毛很長的野駱駝，他知道野駱駝每隔幾天必然要找水喝，於是他在一個水源地隱藏了三天三夜，肚子空了忍著饑餓，天下雪了忍著寒冷，終於將一頭剛出生不久的雄駝捕獲回家。他精心餵養它，等它長大後便發現它果然與普通駱駝不一樣——一般的駱駝的眼簾有兩層眉毛，而它的眼簾上有三層眉毛，而且眉毛出奇的長，風一吹極富飄逸之感。他覺得這種駱駝非同尋常，便給它起名為「長眉駝」。

後來，艾吾巴克爾年老去世了，而長眉駝卻留了下來。到了上世紀上半葉，他的兒子木合塔森（阿吉坎・木合塔森的父親）悉心放養和繁殖長眉駝，已有四十多峰，但不久「文革」開始了，木合塔森被劃為反革命，不但被剝奪了放牧的權利，而且四十多峰長眉駝也被放入茫茫沙漠中。長眉駝從此失散各地，在黑夜的雪野中悲傷地嘶鳴。它們也想回家，但木合塔森的家已變成了一個空房子，它們一次次不得不扭轉身嘶鳴著離去。一九六二年的一個風雪交加的夜晚，年邁木合塔森意識到自己將離開人世，他把兒子阿吉坎・木合塔森叫到身邊，叮嚀他一定要把失散的長眉駝找回來，好好放養，讓它們繁殖成群。木合塔森去世後，阿吉坎・木合塔森暗下決心，此生只為長眉駝而活，一定要讓它們繁殖成群。

此後的十多年時間裏，他像一個不諳世事的人一樣，經常悄悄走進沙漠去觀察長眉駝。時間長了，他熟知了哪一峰長眉駝喜歡待在什麼地方，哪一峰喜歡什麼時候去吃草，哪一峰喜歡什麼時候去喝水，並對它們的生存和繁殖情況瞭若指掌。「文革」結束後，他重新拿起牧鞭，去沙漠中趕回了幾峰長眉駝，為了讓長眉駝得到更好的繁殖，他用兩峰普通駱駝換一峰長眉種駝的辦法，從別人手中換了幾峰長眉種駝。用了十幾年的時間，終於了卻了父親木合塔森的心願，阿吉坎・木合塔森在心裏默默告慰著父親，祈願他在另一個世界安息。

這幾十年發展下來，所有的長眉駝都已被牧養，其情形就是前面提到的「長眉駝在中國也就三百多峰，比國寶大熊貓還少，而牧駝人葉賽爾家就有近二百峰」。

故事講完了，阿吉坎・木合塔森像是突然陷入了沉默，不再說一句話。我也陷入了沉默，我知道這件事對我來說是一個好聽的故事，但對他這樣用一家三代人付出的心血來說，這樣短暫的訴說又怎能道盡其中的酸甜苦辣。他雖然把長眉駝的歷史全部講給我聽了，但在他心裏，也許還有一些無法說出的事情。那會是什麼呢？我不得而解。也許，那是他一生的秘密。

8 匈奴和突厥走過的地方

有人曾說，凡是有沙漠的地方，就必然有駱駝。托拜闊拉地處古爾班通古特沙漠中，有駱駝則是必然的了。我坐在阿吉坎・木合塔森家門口，看長眉駝在外面慢慢走動，把頭低下去啃食草葉，心裏卻想在一兩千年前，匈奴人和突厥人先後一定曾從這裏走過，或者在這裏打過仗。關於歷史，在這裏自不必多說，我鍾情的是他們作為遊牧者與牲畜的親密關係。甚至可以更確切地說，史料對於這兩個遊牧民族與駱駝的關係有詳細的記載。

先說匈奴人。翻開《史記》，便可見到介紹匈奴人的文字中有這樣一句話「其畜之所多則馬、牛、羊，其奇畜則橐駝……」橐駝在當時為匈奴人之奇畜，但確實已經為他們所用。由此推論，橐駝一定是一種駱駝。在當時，馬是匈奴人打仗和放牧時騎乘的必備工具，羊是果腹的常備食物。那麼橐駝呢，既為奇畜，該是做什麼用的呢？我浮想聯翩……

匈奴是一個在西域創造過神話的遊牧民族。在用匈奴一名之前，他們曾用過山戎、獫狁、葷粥等。像所有的遊牧部落一樣，匈奴「隨畜牧而轉移」，逐水草而居，所以在當時沒有像漢族人固定居住的城郭，更不以耕田為主要生存依賴，但他們有強烈的佔有欲，每個人都在草原上分有一塊土地。由於欠發達，缺少文明的影響，所以匈奴沒有文字，一切皆由語言傳遞。正因為這樣，他們對語言十分看重，為自己所說的話負責，常常言出必行，說一不二。他們行事果斷，從不改變主意，如果一個匈奴在做事的過程中改變了主意，則會被認為是恥辱。

匈奴小孩在童年的時候騎羊，用小弓箭射鳥兒和老鼠，慢慢長大後，則射稍大一點、而且狡詐的動物，比如狐狸和兔子。他們和這些動物鬥智，學會了設計捕獲和獵取的方法。一旦用計謀捕到獵物，他們便很高興，在荒野中生火，將其烤熟吃掉。等到他們能拉動彎弓，會射箭了，便被編為甲騎，隨時準備打仗。

統治匈奴的最高首領被稱為「單于」，意思是「像天子一樣廣大的首領」。歷史上被記錄下來的匈奴單于有近二十位，每位單于在位時間長短不一，長的四、五十年，短的不到十年。在先後任單于的人中間，冒頓、軍臣、伊稚斜、呼韓邪、郅支，以及差一點摧毀了羅馬大帝國的最後一位單于阿提拉，都很好地發揮了匈奴人的精神，帶動匈奴向前邁出了頑強的腳步。

在匈奴的生活中，打獵和打仗是一樣的。在平靜的日子裏，他們以獵取禽獸為主要的生活內容。一旦別的部落來犯，他們馬上把對準獵物的箭轉對向人，像獵殺動物一樣殺人。他們不會因為戰爭而恐懼，在他們的心裏沒有「敵人」這個概念，有的只是濃厚的捕取獵物的興趣。在戰鬥中，匈奴分為長兵和短兵。長兵即射手，他們會像誘導獵物一樣使來犯的部落進入圈套，然後用大雨一樣密集的箭將其射殺；而短兵則常執彎刀，騎著飛快的馬兇猛地向前衝鋒。他們作戰的方法很靈活，勝利則進，失敗則退，沒有什麼羞辱之感。他們所作所為只圖高興，不為什麼利益。

但在匈奴內部卻有嚴格的體制，身強力壯者往往吃最好的肉，而老者只能吃他們吃剩下的殘餘東西。所以，匈奴在體格健壯時是人生的黃金時期，一旦老弱病殘，便沒有了什麼地位。匈奴中的一位父親死了，前妻所生的大兒子便娶後母為妻；哥哥死了，弟弟娶嫂子為妻。這樣的傳統方式一直未曾改變，被匈奴堅持了許多代。這些簡單、勇敢的人，卻一直沒有姓，出生後隨便取一個俗名，一直用到死為止。

再說突厥人。突厥之於駱駝，很多史書都有記載。比如突厥人打仗衝鋒時，會大叫「起駝」。駱駝在平時總是給人以緩慢沉穩之感，但在突厥人的軍隊中，駱駝被訓練出了疾行的本領，如情形需要，它們跑得比馬還快。當時人們稱這種駱駝為「鳴駝」，後經考證是一種誤稱，突厥人稱它們為「明駝」，因為它們身上沒有贅肉，臥下後腹不著地，可透出明光，因此得名。

突厥是西域的一匹野狼。最初，突厥在葉尼塞河（今俄羅斯境內）上游一帶生存。西元五世紀時，作為在西域舞臺上曾經唱主角的匈奴已徹底沒落，而突厥像是聽到什麼召喚似的，突然從葉尼塞河上游遷到了阿爾泰山以南地區，並從此在那裏紮下了根。

在早期，突厥也是一個遊牧部落，在草原上逐水草而居，隨季節變換不停地遷徙。突厥的生活很細緻，從他們對待一隻羊的態度上就可以看到其精髓所在。他們將一隻羊殺了之後，吃其肉，喝其血，穿其皮，可謂享盡其有，一點都不浪費。突厥也善於從草原上或森林中捕獲動物作為食物，捕到獵物時，凡參加者每人各分一份。

突厥有很高的煉鐵技術，打製出來的鐵器精緻美觀，鋒利無比，在當時的西域聲名遠揚。遷入阿勒泰一帶後，突厥受柔然統治，成為柔然人的鍛奴。後來，突厥發展壯大，在一個叫土人的人的領導下，在短短的時間內將散亂的突厥團結起來，打敗了曾經使他們恥為鍛奴的柔然，以「突厥」為名，建立了自己的汗國。統治突厥部落的可汗土門出生於阿史那氏族，該氏族自稱是狼的後代，人人勇敢無比，謀略過人，非常喜歡打仗。

突厥人以狼為圖騰，在旗幟上繡有一隻恐怖的狼頭。狼的精神和心性暗暗符合突厥的心理和生命需求。在平時，狼和牧民爭奪牧場，他們相互依存又相互廝殺，構成了突厥人的一種宿命，他們活著時不斷地用狼來激勵自己，死後則以氈裹屍，用牛車送到山上，棄之石頭上或樹旁，讓狼天黑時分循著氣味來把屍體吃掉，如果三天後死者不被狼吃掉，他的靈魂就不能升上天堂。

突厥人十分注重死亡的意義。一個突厥男人死了，子孫及親屬要把他的屍體停放於一個白帳中，然後殺牛、馬、駱駝等在帳前祭奠，繞帳七圈，然後進帳走到屍體跟前，用刀將臉刺破，讓血淚一起流淌。他們認為這樣方可使死者七度再生。葬下死者時，在死者的墳上要擺上石頭，石頭的多少與他平生所殺敵人的數量相同。如果一個突厥人作為士兵戰死了，別人會認為他無限光榮，而若是病死，則是恥辱。

匈奴人也罷，是突厥人也罷，他們皆已在歷史煙塵中消失，只留下了一些傳奇故事，讓今天的人懷念和暢想。他們把自己留在了歷史中，經由那些動人的傳奇故事，他們的身影似乎永不失鮮亮的色彩，變成了一種凸透於時間之外的美。在一兩千年前就已經有了的駱駝，可否是這些長眉駝的祖先？今天，當我看見它們的時候，每個人都會覺得，它們作為駱駝中的美人，一直把自身的美悄無聲息地延續到了現在。美是有根源的，也是很容易吸引人的。所以，便有了這些猜想。

從某種意義上而言，猜想實際上就是一種懷念。

9 — 冬窩子

現在雖然是春天，但葉賽爾一家住的仍是冬窩子。冬窩子在平時也被稱為「地窩子」，在城鄉見不到，似乎屬於新疆的牧民獨有。人們建冬窩子時，一般都向地底下掘進，挖成房子狀的一個大凹坑，以起到保溫的作用。冬季來臨時，牧民趕著牲畜從夏牧場轉入冬窩子，將牲畜圈養避寒，以待春天來臨。冬窩子一般處於避風和易於居住，且水源充足的地方。冬窩子後面是駝圈，用石頭壘就了筆直而硬朗的柵欄，遠遠地看上去極富韻律感。有冬窩子的地方必有牛羊、長眉駝等家畜圈，有家畜圈的地方必有人住的冬窩子。駝圈旁堆著高高的草垛，每年八月至九月，牧人們上山給家畜們打草儲備冬糧，隨後，寂寞的嚴冬就來臨了。

在沙漠中放牧，牧民們一年中有一大半時間住在冬窩子裏。由於冬窩子都在地下，所以在沙漠中走出很遠，也看不到一個人。冬窩子讓牧民們在寒冷的冬天隱匿進了大地，不在世界表層留下任何痕跡。冬窩子裏沒有電，他們習慣早起早睡。晚上，冬牧場上靜得可怕，像是一個被遺忘了的世界。這時候，他們回憶放牧中發生的事，甚至自己給自己講故事。多少年沿襲下來的生存方式，已讓他們變得無比平靜。

牧人們每天從冬窩子裏出來，看到的是一片白茫茫的冰雪世界。稀疏的樹木在雪中挺立著尖利的根莖，平時一動不動，風刮過便動一下。羊群此起彼伏的咩咩聲已傳出很遠，留在地上的蹄印把一夜落雪踩得醒目而又雜亂——這些似乎永遠擦不掉的痕跡，只能增加更多的寂寞，更大的荒涼。但在那樣的嚴寒天氣，葉賽爾一家人的放牧一天也不能少。他們早早起來，推開冬窩子氈簾後的第一件事就是打開駝圈的圍欄門，嘴裏含混著像魔咒一樣的特別用語喚長眉駝出圈。長眉駝們聽懂了呼喚，一一奔跑出圈。自由和清涼的晨風將它們身上的毛吹起，像細絲一樣飄蕩……葉賽爾說，冬天他穿著厚厚的生羊皮大衣，羊皮褲子，戴著羊皮帽子，每天一大早就出去了。我想，每天在那遙遠、蒼茫的雪原中，牧人的身姿並不顯得渺小。相反，因了牧人和駝群的到來而變得有些運動的生機。他在外放牧一天，直到晚上才能回來。天往往在他回來時已經黑了，他哈著滿口白氣走進冬窩子，肩上有一層薄薄的雪……他的笑容一定像古代的人那樣古老。

像別的哈薩克族牧人家庭一樣，葉賽爾在每個冬天都讓父親阿吉坎・木合塔森和母親留在鄉上溫暖的瓦房裏過冬，自己則和三百多峰長眉駝留在冬牧場。在這片平坦的沙漠地帶，他們將忍饑耐寒，度過整整大半年的寂寞時光。

現在已經到了春天，大地復蘇生機，牧人的心情一定與冬天不同。我第一天來時，在葉賽爾的冬窩子門口，一隻狗圍著我狂吠。它變著花樣兒吠叫，似乎把自己叫成了一個忘乎所以的演唱者。春天來了，最抑制不住喜悅的也許是狗。我和葉賽爾在冬窩子中聊天，它一直在叫，等我們從冬窩子裏出來時，它卻在一瞬間變得無影無蹤了。天色將暮。氈房外，無盡荒原上有風刷刷作響，但夕光無比明澈，我看見冬窩子周圍有長眉駝悄悄伏下了身軀。

去年，葉賽爾和妻子身邊多了一個新的家庭成員阿爾曼。他三歲多，是一個清秀的哈薩克族男孩。阿爾曼出生在到處綠油油的夏牧場上，在繁忙了一春後，夏牧場上滿眼所見的都是茂盛的青草，長眉駝們吃得慢慢肥胖了起來。但這樣的時間很短，很快，就得向冬牧場轉場了。從夏牧場向冬牧場靠攏，要趕著駝群沿途顛簸整整十天的時間。一路上，牧道上羊群歡鳴，煙塵騰起。但這短暫的快樂過後，寒潮又逼近了，人和長眉駝便馬上進入了四野茫茫的冰雪世界——冬牧場。

從夏牧場出來，阿爾曼才剛滿三個月，一路上，山麓的松林中蕩漾著風吹樹葉的聲音，讓這個孩子第一次聽到了大自然的聲音。剛剛出生不久的小駝走不動路，蜷伏在路邊上，葉賽爾的妻子把它背在背上，走了一會兒，因為路太難走，只好把小駝馱在駝背上的筐子裏。一頭是小駝，另一頭是才出生三個月的阿爾曼，一路上彼此都用稚嫩的目光在望著對方，並不時從筐子裏伸出頭看著路邊的景色。筐子在長眉駝背上搖晃，母駝跟在旁邊不肯離去。在途中，長眉駝趴下休息的間隙，母駝會湊上去舔小駝的臉。這時的駝隊會有些騷動，只有母駝和馱著嬰兒的長眉駝始終顯得很安靜，它們似乎明白自己正擔負著要保護好兩個小生命的使命。

這種情景，在轉場的途中常常可以看到。這兩個小生命，一個是人，一個是長眉駝；人的歸宿是冬窩子，小駝的歸宿是駝圈；二者有著同一方向。哈薩克族的孩子，從小就有這樣的視野，而且是從一出生開始，一定所見必多，懷著深厚的蘊藏和氣質，他們卻為什麼默默不語，不求表達呢？我這麼想著，覺得自己似乎悟出了什麼道理。

為了這位新成員，葉賽爾用四天時間挖了一個新冬窩子——這埋入凍土下的土房子拙樸的模樣快要被外界遺忘了，卻也出奇的結實、禦寒。從此，一家人就在這個冬窩子裏一直住到了現在。

我在他家的冬窩子裏睡覺，看書，和他們一家人聊天，吃他們做的拉條子和抓飯，還有用一天時間才能燉熟的駝肉。一扇窄窄的木門釘上了厚實的毛氈，粗糙的木椿支撐著低矮的泥面屋宇。柔和的光束，好像是自己能發光一樣，從巴掌大的玻璃窗上斜射進來，筆直地照在泥牆上，人一走動，這些光便變成粗大的顆粒在移動。泥屋子裏含著酥油、泥土、薄雪、柴火、嬰兒的奶香以及親人之間的氣息，溫暖而又熾烈。

木門開合間，升騰起一股水汽，女主人低下身子，往爐膛裏塞進梭梭柴。晶瑩的冰粒很快落成了碎屑，轉瞬又在灰黑的枝杆上升騰成水汽。火爐子裏飄著淡藍色的火焰。長長的鐵皮筒的一端伸向爐口，另一端通過呈直角的拐彎伸向窗外，煙霧已經將屋簷熏得發黑。在這穴居的陋室裏，葉賽爾的妻子輕盈地彎下腰端去鋁鍋，用木棍從爐子裏夾出就要燃盡的木柴。午後的空氣中，一點點地彌散出久違的底層生活的味道和甜蜜，且越來越濃。在這個擁有孩子哭笑的冬窩子裏，有著生活的真實和溫暖。這對年輕牧人夫婦，在這不為人知的小角落裏過著世俗生活，哪怕多麼清貧，但卻都充滿秘密的幸福。這是神對人的仁慈。

在閒聊中得知，長眉駝們似乎對冬窩子很好奇，總是伺機想鑽進來看個究竟。人畜不能共居，這強大的傳統禁忌阻止著它們，它們始終不能踏入冬窩子一步。但長眉駝們從此養成瞭望冬窩子的習慣，經常會望著冬窩子出神。葉賽爾發現了它們的這一反應，心想，它們望著冬窩子時，心裏在想什麼呢？一次，阿爾曼跑到冬窩子外面玩，一隻長眉駝看見他後像是突然發瘋了似的往他身邊跑。葉賽爾怕它踩到了兒子，趕緊把他抱回了冬窩子。它跑到冬窩子門口，視線被厚重的門簾遮住了。它急躁地嘶叫，像是要掙脫某種巨大的束縛。之後，葉賽爾才知道那只長眉駝是和兒子一起被馱回來的。兒子長到三歲多仍是一個小孩，而長眉駝長到三歲多便儼然是一隻大駝了。這樣的事情頗為吸引人，它無外乎說明，一隻長眉駝在生命之初就保持了最美好的記憶。

我們正這樣閒聊著，卻發現阿爾曼不見了。這個小傢伙膽子很大，有好幾個晚上跑出去在冬窩子後面的沙丘上玩耍。有一次我追他，想把他帶回，不料他三轉兩轉便不見了，只把我甩在了淒冷的黑夜之中。那一刻，我覺得自己孤獨無助，內心頗為惶惑……現在天已經黑了，他一定又跑到冬窩子外面玩去了。我們在冬窩子附近找他，沙丘上，草垛後，駝圈周圍等一一找遍了，就是不見他的蹤影。葉賽爾的妻子哭了，聲音嘶啞著一聲又一聲叫著，阿爾曼、阿爾曼……

費了一番周折，終於在駝圈中找到了阿爾曼。和他一起被馱回來的那只長眉駝臥在地上，兩條前膝屈地，讓阿爾曼坐在上面，並用長長的毛圍護著他。旁邊站著的，就是馱回阿爾曼的那只長眉駝。

我為眼前的這一幕歎為觀止。臥著的這只長眉駝，多麼像一位母親。

10 快樂幾許

葉賽爾一家人的早飯多以奶為主，所以，炊煙在冬窩子上空飄起時，一股股奶香便也在沙漠裏瀰漫開了。早飯很簡單，不一會兒他們便吃畢，三三兩兩出門。如果不是外出牧駱，長眉駝們便在葉賽爾的冬窩子周圍轉來轉去，像是在尋找吃的，又像是在悠閒的散步。葉賽爾一家人不管它們，任它們自由活動。一層明亮的露珠使沙漠顯得更有誘惑力，長眉駝們低著頭慢慢走動，顯得怡然自得。

太陽慢慢升起，這時候，你再看看長眉駝們散步的樣子，真是親切之極。它們晃晃悠悠地在冬窩子附近走著，哪個地方有細微的動靜，它們便扭過頭去看，或者停下來長久注視。有時候它們三五成群地聚在一起，用頭互相碰對方，或用蹄子輕輕踢對方，但總是被對方靈巧地躲開。它們也成群地聚在一起，亂叫著，似乎在商量什麼大事。但更多的長眉駝仍喜歡單獨走動，像是要用一天的時間完成一次散步。它們從冬窩子的這頭走到那頭，再從那頭走到這頭，或者走到通向外面的那條路的路口，隨便東看看西望望，顯得無所事事，又怡然自得。

好多天了，我總是被這些散步的長眉駝感動。沙漠自始至終會寂靜無聲，而它們悠閒和從容的步伐，隱隱約約地便給了沙漠一種動感。我問葉賽爾，長眉駝們走過的最長的路是哪一條。他說，它們一天一天地在冬窩子周圍走來走去，加起來，它們走過的最長的路恐怕還是在這裏。這樣的演算法，使長眉駝更顯出幾分神聖之感，也使這個地方莊重了很多。

在托拜闊拉沙漠草場，除了長眉駝外，還有人放牛羊，所以偶爾會有收羊毛的汽車從別處開到這裏來。他們收完羊毛就開著車走人，很少在這裏待一天半天時間。偶爾從沙漠裏開過去的車，和放牧沒有關係，放牧的人也從不多看它們一眼，他們覺得汽車就是一些冷冰冰的鐵傢伙，沒什麼好看的。

這兩年，葉賽爾留下了羊毛商販的手機號，如果他冬窩子裏的菜不夠吃了，就會到鄉上給他們打電話，讓他們來收羊毛時給帶一些菜。商販們帶了幾次，覺得菜也能賺錢，於是來收羊毛時拉一些菜賣給牧民。時間長了，他們便成了牧民們的供菜商，來的時候拉一車菜，走的時候拉一車羊毛，一來一回兩頭賺錢。他們的汽車開過來時，長眉駝便閃到一邊，像是怕它撞著自己。有的長眉駝聽不慣汽車的叫聲，一見那個鐵傢伙駛近便撒開四蹄跑開，直到跑遠了才回過頭張望。有一峰小長眉駝很有意思，拼命地要跑到汽車前頭去，司機見它好玩，便不停地按喇叭，於是，在沙漠裏便出現了長眉駝和汽車賽跑的一幕。小長眉駝跑到無法再跑的地方不得不站住，汽車從它身邊呼嘯而過，它愣愣地看著汽車，有幾許愣怔和惶恐。

放牧的老人說，沙漠裏第一次開進汽車時，放牧的人都過去圍觀，人們以為它是一個大鐵牛，走了那麼遠的路一定很餓了，便抱來馬草要給它喂。他們圍著汽車轉來轉去，不知道它的嘴在哪裡。下午，有幾個人坐在一起，商量如何使用它——它那麼大的一個東西，是用來耕地呢，還是拉車？商量到最後，他們都被「大鐵牛會不會聽人話」這個問題給難住了。下午，司機發動車時，人們都驚訝不已，原來這個大鐵牛是邊叫邊走路，屁股上還冒煙呢！後來，他們才知道那個傢伙叫汽車。多年後，想起那天給汽車喂草的事情，他們忍不住嘿嘿笑個不停。

汽車就這樣讓長眉駝，也讓放牧長眉駝的人在寂寞的日子裏有了幾分歡樂。汽車總是要隔好多天才來一次，沒有汽車的日子，人在冬窩子裏睡大覺，長眉駝臥在沙丘一旁似睡非睡。一天的時間似乎過得很慢，有時候甚至讓人覺得時間停滯不前了，像一雙沉重的手覆住了人的鼻孔，使呼吸也變得困難起來。終於熬到汽車快來的時候了，人忍俊不禁，會念叨著汽車快來了，汽車快來了。這時候的長眉駝也會有反應，扭頭長久地張望著公路的方向。

11 細碎事件

太陽每天都一樣，從托拜闊拉的牧場上升起，葉賽爾和阿汗的駝群就沐浴在陽光裏了。葉賽爾今年三十三歲，就出生在這個牧場上，喝著長眉駝奶長大。他還有個哥哥，叫阿汗。兄弟倆帶著各自的媳婦和孩子，在這空曠寂寥的沙漠草場上牧駝和轉場。早在五年前，六十八歲的阿吉坎・木合塔森老人就把長眉駝交給了阿汗和葉賽爾放牧。他們在這個家族中算是第四代牧駝人了，而他自己則帶著老伴阿赫亞和三兒子熱汗居住在八九十公里外的博斯坦鄉。

兩兄弟的家相隔不遠，房屋是用黏土打造出來的低矮泥房。兩家人常常走動，男人隨和，女人大方，孩子可愛，他們兩家人經常在一起邊煮飯邊議論牧草的好壞，間或還說一些放牧途中的趣事。

年事已高的阿吉坎・木合塔森老人在接羔育幼和剪收駝毛時，會來到這裏住上一段時間，幫兒女們照料長眉駝。大部分的時間裏，仍是兄弟倆每天迎著粗糙的沙漠風去牧駝，直到眼角枯澀，臉頰和額角上乾裂了一層皮，呈現出古銅般的光澤，每一天和另一天沒有什麼不同。

今年下半年，弟弟熱汗準備出國到哈薩克斯坦去上學。這是家裏的一件大事情。最近，阿吉坎・木合塔森常常來到冬牧場上，和兄弟倆一起商議這件事情。很顯然，作為哥哥，他們在心裏很羡慕熱汗，他在小時候被長眉駝救了一命，從此似乎便交上了好運，上學、出國，似乎不再是一個牧民的兒子了。有時候，兩個哥哥在心裏會湧起一些複雜的情緒，熱汗出國讀書，見大世面，從今往後可以過上與自己迥然不同的城市生活，不像自己，沒啥文化，只能在這個沙漠中牧駝。不過話又說回來，自己家的幾代人去守護這種比大熊貓還要少的珍稀動物，不讓它的血脈在自己的手中斷掉，兄弟兩人還是心甘情願的。

眼下最要緊的事是隨著駝群的增多，家裏的草場已不夠用了。幾年前，縣上為了保護這種有珍稀血統的長眉駝，專門在草場上打了一口水井，還為他們解決了四千畝草場。但是，有限的草場還是滿足不了牧駝的需求。每每想到這些，他們一家人都有些著急。

天黑了，夏力普在床上睡覺，煮好的長眉駝肉在大鐵鍋裏冒著熱氣。這是平時難得的美味，他們餵養長眉駝，放牧長眉駝，但卻捨不得宰殺它們食用，只有在賣了長眉駝的毛皮後，才會吃一些長眉駝肉。吃長眉肉往往都在晚餐，而一家人的晚餐，每每都是在天黑時才開始。

我被阿汗邀請去吃長眉駝肉。阿汗住的是土坯房子，他打開屋子後面的一扇小窗，一下子，帶有荒野的清涼氣息在屋子裏穿行。他們家的內部擺設很漂亮，一層層的花氈，上面有刺繡的漂亮羊角。年邁的阿赫亞費力彎下腰端去鋁鍋，用火鉗從鐵爐子裏夾出了就要燃盡的炭塊。從土牆上懸垂而下的昏黃燈光裏，兩隻拴在樑柱下的灰色布穀鳥在隱秘的陰影裏有節奏地鳴叫。一家人在帳篷裏說笑，咳嗽，香煙飄起的細霧，似乎讓這個家變得殷實了很多。屋子外邊是看不見邊的黑夜，長眉駝們在暗夜中散發出濃郁的鼻息。

如此安寧的夜晚，生活的凡俗之味一層層瀰漫開來，讓人覺得有幾分舒適之感。長眉駝肉端上來了，阿吉坎・木合塔森用「皮夾克」（刀子）把大塊肉割成小塊，大家便灑上鹽，就著皮芽子（洋蔥）吃了起來。阿吉坎・木合塔森說，今年好啊，在春天就吃上了長眉駝肉。事後我才知道，有一年因長眉駝產羔率很低，他們整整十二個月沒吃上一丁點長眉駝肉。現在大家吃著長眉駝肉，咀嚼聲和不時發出的讚歎聲讓屋子裏的氣氛變得更加溫馨。對於這一家牧駝人來說，吃一頓長眉駝肉便是莫大的幸福，其滿足感不禁流露於面孔。大人尚且如此安逸，在天剛黑時就先行吃了一塊長眉駝肉，此時在一層陰暗光線下睡著了的夏力普，又會夢到什麼呢？

入夜，阿吉坎・木合塔森和阿赫亞要走了，他們住在博斯坦鄉上，他們得回去。這沙漠牧場上的來來回回的走動，就這樣無比平靜地持續了很多歲月，所以每一次都顯得很平靜，每個人甚至不願多說一句話。

一家人送他們上車。冬牧場上無邊的曠野，無邊的夜氣，夾帶著枯草和沙塵的氣息，遠處的零星燈火和又澀又香的牧民家的味道，還有夜空中的星星，有如海子在詩歌中曾描述過的「把星空燒成粗糙的河流」，向我們一起襲來，似乎隔開了世界上所有的聲音。牧場之夜，生活中相遇的細碎事件，在這一刻突然感動了我。在這種沙漠似乎被無限放大，很多東西都被孤寂淹沒的地方，這一家人生活的影子，雖然微小，但卻似乎變得越來越清晰，讓人不由得心生感動。

真的，我確實被這種安靜和從容感動了。至於原由，我似乎難以準確說出。

12 母親之軀

冬天的「白災」（雪災）結束後，荒漠上的積雪在融化，春天終於來臨了。沙漠不比雪山寒冷，在春天裏溫度上升一分，積雪就會融開一尺，荒野上慢慢地便露出了綠的生機。春天也是一個接羔的季節，讓牧人們每天又驚又怕。因為母駝到了臨產期，肚子會一陣一陣地疼痛，它們便不會在一個地方好好地待著，要在曠野上到處顛簸奔跑，想讓肚子裏的胎兒遭受顛簸而快些出生。所以，母駝往往都是在牧人找不到的地方獨自產下幼駝。

這是它們的習性，它們的主人除了尋找它們外別無選擇。這時候麻煩就來了。托拜闊拉沙漠草場上有很多長眉駝的天敵，其中最可怕的是狼。狼生性粗野，是食肉欲望最強烈的動物之一。到了母駝產春羔的季節，那些餓了一個冬天的狼終日在草場上遊蕩，遠遠地嗅到母駝生殖的氣息後，便遠遠地窺視，等待著出擊的時機。

狼熟知自己的命運，知道自己在這塊春天的沙漠草場上除了索取長眉駝的生命，便再沒有生存的方法。

葉賽爾曾好幾次經歷過這樣的事。二〇〇三年春末，長眉駝群裏有一峰毛色灰白，瘦骨嶙峋的母駝要分娩。阿吉坎・木合塔森老人認為這峰弱不禁風的母駝產下的會是兩峰毛色如雪的白色幼駝。但大家不相信他的話，因為這峰老母駝的皮色簡直就像是一團亂七八糟的、沾著灰塵的抹布。哈薩克族有一句諺語「獵人的兒子會造子彈」，說的是種族遺傳的事。這峰老母駝的毛色如此不好，怎能生出兩峰毛色如雪的白色幼駝呢？但他們耽于阿吉坎・木合塔森的威嚴，心裏不服，但嘴上卻不說什麼。

分娩的兩天前，這峰母駝出走，獨自在離家十幾公里的一塊大草灘抽搐著臥倒了。整整兩天兩夜，它在那裏抽搐著嘶吼，身子下的那塊草皮都被磨禿了。它的嘶叫聲讓人聯想到一個女人光榮地成為母親的一刻。但任憑它如何嘶吼，草場上寂靜無聲，只有巨大的黑暗從四下裏潛來將它遮蔽。最後，它揚起掛滿污濁汗水的頭，用盡全身的力氣大吼一聲，兩塊濕乎乎黏乎乎的血塊重重地落在了地上。

兩個新生命誕生了。這時候，兩天來始終跟蹤它的一隻餓狼逼近了。當渾身虛弱的母駝歪著身子，從地上刨出一簍粗大的駱駝刺埋頭大嚼時，狼集中了它所有兇殘的野性，敏捷地跳躍著撲過來一口咬住了它的臀部，這時，它已沒有力氣揚起後蹄。狼開始撕咬它的軀體，它流著淚把兩峰剛剛降生的幼駝護在了身子底下。

待阿吉坎・木合塔森和兒子趕到時，這峰剛剛做了母親的長眉駝，身子已被狼啃吃了一小半，而且已死去多時了。阿吉坎・木合塔森把母駝的身子翻轉過來時，奇蹟發生了，兩峰幼駝迎著晨曦顫顫巍巍地站起來，毛色潔白如雪。再看那峰母駝，它死去的時候臉上很平靜，沒有絲毫掙扎的痕跡。

我感慨萬分，母駝就是以這樣的方式，在我心中樹立了一位母親的形象。

我跟著葉賽爾來到屋子後面的駝群裏，尋找那兩隻毛色純白的長眉駝。在這樣龐大的白色長眉駝群中，我認不出哪兩頭是它們的母親用生命保護下來的。葉賽爾走到一峰面向夕陽，看上去有些傲慢的長眉駝跟前，喉嚨間發出了一聲低低的呼喚聲，用手撫摸著它的腿，似乎要讓它聽從自己的話。這峰長眉駝太高大了，大概已經習慣了被牧人撫摸這個地方，或者說，它們在長時間內已經養成了享受這個地方被撫摸的慰悅感。所以，當葉賽爾撫摸著它的腿時，它的眼睛微微閉上了。葉賽爾說：「它就是那兩隻幼駝中的一隻。它也快要做母親了，你看看它的肚子，鼓鼓的。」這時，太陽就要西沉了，空氣中透著些許涼氣，有一道夕光射到了它的腰身上，一層純白的、微微透明的光暈映照著它俊美的體型。它猛一甩頭，就在這道夕光中彎下了修長的脖頸，用一雙在濃密的睫毛下頗為含情的、琥珀似的大眼睛望著我，然後緩緩扭轉脖頸，把柔軟的嘴唇觸到了葉賽爾的肩頭，使自己變成了一座雕像。

我心中泛起一陣顫抖，眼前的這一幕讓我相信，在這家人和長眉駝之間，並不僅僅是如此親密的關係，在這頗為動人的一幕的背後，還有著更為感人的人與長眉駝互相依存的生命故事。也許正因為有了這樣的依存，人與長眉駝才能夠很好地在這裏生存下去。

後來，再次見到阿吉坎・木合塔森時，我問他，你怎麼知道那峰長眉駝產下的就一定會是毛色純白的幼駝呢？他微微一笑說：這很簡單啊，我的記憶不會騙我，那峰母駝剛生下來的時候，毛色也是這種高貴的白色。

我又問：「它叫什麼名字呢？」

他說：「叫長生。」

「長生」我默默念著這兩個字，突然間明白了一個道理，色彩跟音符一樣，早在誕生之前就已融入了精血中。生命的秘密就是在降生、成長、堅持、傷殘和死亡過程中迸發出的火花，讓生命的每一刻都顯現出迷人的精靈般的魅影。我對此深信不疑。

13 回到出生的地方倒下

在離葉賽爾家不遠的地方，我見到了一群野駱駝。之所以在這裏讓筆落到野駱駝，而不是家駱駝身上，是因為野駱駝更為真實，它們仍保持著自己作為一個物種的原始本性。

那天，遠遠地見有什麼在移動，同時伴有灰塵揚起，近了，才發現是幾峰駱駝。它們奔跑到一個小海子跟前，將巨大的身軀彎下喝水。天正藍，小海子的水面便印出一個個駱駝，幾個搞攝影的朋友不拍飲水的駱駝，而是繞到對面專拍它們在水中的倒影，拍得了幾幅好照片。

喝水對駱駝來說，也許是幾天，或十幾天才要做的一件事，遇上水了便大喝一通，遇不上就只好忍著。一個牧民說，這群野駱駝已經把這個小海子牢記在了心間，每隔幾天，總是要來喝水，因為是野駱駝，它們不顧慮人，來去皆很自由。野駱駝與家駝不同，家駝在快被殘酷的馴服的一刻本想掙扎跑掉，但它們在邁出那幾乎要改變命運的一步時猶豫退卻了，所以它們變成了人類的附屬品。而野駱駝在那一刻沒有猶豫，掙脫了人類的馴服，所以它們現在的生命是自由的，也是快樂的。

牧民住在小海子對面的小山上，每當這群野駱駝下來時，便來看它們，逗它們，它們覺得這個人很有意思，鼻孔裏發出一些親切的呼呼聲。牧民便很高興，覺得在這荒天野地和一群野駱駝反而成了朋友。後來，野駱駝們下來喝水時，總是要走到他的羊圈旁，如果他在，與他對視一會兒便離去；如果他不在，它們便望一會兒他的羊圈，好像羊圈就是他一樣。一群野駱駝就這樣與一個人建立了親密的關係。駱駝與人之間或許有著一些相通的語言，天天見面，這些語言在默契中被雙方都感覺到了，於是，只要每天看見對方，他們便覺得親切。

到牧民的家中喝奶茶，閒聊著，不料野駱駝的面容卻被一件事勾畫得清晰了起來。也是又一個野駱駝來喝水的日子到了，卻不見一隻野駱駝出現。牧民詫異，它們上哪裡去了呢？他走到一個山包上，見野駱駝在一片寬闊的地帶轉來轉去，似是在尋找什麼。他一數野駱駝群，發現它們中少了一頭，他從野駱駝們急促的樣子上斷定，他們在尋找走失的一位夥伴。過了一會兒，有一頭野駱駝急促地叫了一聲，駱駝群便一起向它圍攏過去。少頃，它們像是做出了一個什麼決定似的，又一起向山後急急走去。

牧民好奇，騎上馬趕上它們，想看個仔細。很快，他便發現野駱駝們跟著地上的一串蹄印在向前走著，走了一會兒，地上的蹄印變得歪歪斜斜，似乎行走者難以支撐自己的身軀。有一隻野駱駝叫了一聲，駝群便顯得有些慌亂起來，牧民猜測，正在被眾駝尋找的這只野駱駝可能受傷了，翻過一座山，果然見一隻駱駝臥在一片草叢中。眾駝奔跑過去，圍著它呼呼叫，但它卻紋絲不動。牧民仔細一看，它已經死了。

「它倒下的地方是它出生的地方。它知道自己快要死了時，就堅持著走到了那裏。駱駝在哪裡出生，死的時候就必須要回到哪裡。」牧民的這幾句話把故事推向了高潮。這樣的話，應該寫到教科書裏去，讓學生們停下「黃沙吹盡始見金，不破樓蘭終不還」的朗讀，而是讀一讀這幾句話，想必會使他們的心靈更美好。

後來的閒聊輕鬆自然。牧民說，野駱駝們知道那只野駱駝要死了，就去找它。其實在路上它們知道它已經死了。我問他何以見得，他說，有一隻野駱駝流淚了，死去是一隻母駝，是流淚的那只野駱駝的母親。

14 臥下或站立

我跟著葉賽爾，在他的冬窩子附近遛駝。「遛駝」這個詞是我發明的，我覺得他每天讓長眉駝們外出幾公里轉一轉雖然沒有什麼目的，但就像人們遛馬遛狗一樣，卻是讓它們呼吸新鮮空氣和散心的好辦法。所以，應該叫遛駝才對。今年還不到外出夏牧的時候，因此葉賽爾每天便讓長眉駝們這樣出來遛一遛，能吃上一點埋在土中的草根就吃一點，吃不上就轉一圈回去。

這時，我突然發現了一個奇怪的現象，長眉駝們會在每天上午十點多的時候齊刷刷地站住。它們不論是正在吃草，還是在行走，在這一固定時刻都像是聽到了命令似的站住一動不動。站立的它們不像人，而像沙漠中的樹。之所以這樣說，因為人有喜怒哀樂，會發出聲音，而樹什麼也沒有，從來都不出聲。我決定進一步證實自己的觀察。於是在上午十點多的時候，我向葉賽爾提出我想替他看一會兒長眉駝的請求，至於他，可以抽莫合煙，也可以躺在石頭上曬太陽。總之，他可以不用操心，放心把長眉駝交給我便是。他很高興，躺在一塊石頭上邊抽莫合煙邊曬太陽，一樣也不落下地享受著。好好享受吧葉賽爾，我要完成對長眉駝的隱秘觀察。

少頃，長眉駝們有反應了。它們一起將頭扭向西邊，站在原地一動不動了。我以為西邊的沙漠裏有什麼東西，待仔細看過之後，卻只有熟悉的幾個沙丘，幾棵樹，幾塊大石頭和幾截木頭，除此之外別無他物。至於遠處的山，看似清晰無比，近在眼前，但實際上很遠，不論是人還是長眉駝，都是走不到它跟前的。既然什麼都沒有，那長眉駝們在望什麼呢？仔細一看它們的眼睛，我才發現它們的眼睛其實都是閉著的，並沒有望什麼，只是把頭顱朝向西邊而已。我覺得很有意思，長眉駝們在這一時刻像是正在等待執行一個命令，我雖然不知道這是一個什麼樣的命令，但我能感覺到這個命令對於它們的神聖性。

十幾分鐘後，它們像是完成了命令，各自散開去吃草了。開始的時候沒有任何聲響，結束的時候也如此。我被長眉駝們整齊、統一和自律的行為感動了。

第二天的同一時間，我用老辦法讓葉賽爾又躺在一塊石頭上抽莫合煙和曬太陽，然後接著觀察長眉駝們的反應。到了固定的時間，長眉駝們一一臥下，頭顱仍舊朝西，似乎在等待什麼。昨天是站，今天是臥，形式雖然不一樣，但長眉駝們似乎始終在聽從同一命令，頭顱的方向與昨天是一致的，等待的姿態也是一致的。我堅信，在每天的這一時刻，長眉駝們一定在內心聽到了一個召喚，所以便或站或臥，讓意念順從那個召喚，完成一次靈魂的上升。十幾分鐘後，它們從地上站起，如同昨天一般散開了。

我為長眉駝們感動，但我卻只能看到它們的外在反應，不知道它們在內心想些什麼；我猜了好多種可能，但最後都一一否定了。憋得實在不行了，我於是便向葉賽爾請教。他這兩天躺在石頭上抽足了莫合煙，曬足了太陽，也養足了精神，聽我提出疑惑的問題，便哈哈一笑問我說：「你遇到過沙塵暴嗎？」

我說：「我在吐魯番遇到過。」

「可怕嗎？」

「有一點可怕。」

「那你見過長眉駝在沙塵暴中是如何行進的嗎？」

「沒有。」

「告訴你吧，駱駝對沙塵暴是有預感的，所以當沙塵暴刮過來時，駱駝早有準備，要麼迎風而立不動，因為只有不動才不會被風沙刮走；要麼找一個避風的地方臥下，任憑風沙怎麼刮，它們都不會受傷。」

聽葉賽爾這樣一說，我頓時明白了。我問他，長眉駝們為什麼會在每天的同一時間裏站立或臥下呢？

他看我已經發現了長眉駝的秘密，顯得更高興了，似乎我經由這一發現也變成了一個牧人。他說：「南疆的駱駝和北疆的駱駝每天站立或臥下的時間不一樣，南疆要早一些，大概在九點多；北疆晚一點，在十點多。當然，你都看見了，不用我細說了。至於原因嘛，也就是南疆的沙塵暴一般大概在九點多刮起，北疆的沙塵暴一般大概在十點多刮起。我說了嘛，駱駝對沙塵暴是有預感的，所以它們在這個時候會站立或臥下，以準備抵擋沙塵暴。」

故事的謎底終於揭開了。我不再問什麼，他也不再說什麼。過了一會兒，他吆喝著長眉駝往回走。我跟在長眉駝的後面，感覺有風刮了過來，刮到了長眉駝的身上。我不由得一愣，疑惑長眉駝的身軀在隱隱作響。

15 比狼更可怕的是人

這些年，長眉駝的名聲大了起來，很多人都知道木壘有長眉駝，它們的樣子很美，不但眉毛很長，而且身上的毛也長，像獅子一樣好看。於是，便有很多人去看長眉駝。烏魯木齊距木壘也就三四個小時的路程，葉賽爾家距木壘縣城也就只有一兩個小時的路程，快的話一上午就可以到達。因此，這種很有靈性的動物給人們帶來了不少快樂，人們欣賞長眉駝，讚賞長眉駝，熱愛長眉駝，有人還產生了收養長眉駝的想法，但都被阿吉坎・木合塔森一家人拒絕了。不過，卻會經常發生長眉駝死去和失蹤的事情。有多少人在注視長眉駝，其目光之多之雜，心思之陰暗之見不得人，足以變成把長眉駝淹沒的洪流。

最後，長眉駝的命運像一葉飄零似的，落入了這邪惡的洪流之中。

「比狼更可怕的是人。」阿吉坎・木合塔森老人的話使我的心發冷。從他的語氣中可以斷定，他的長眉駝受到了一些人的傷害。他把這些人和狼做比較，足可見他內心的傷痛。但在這蠻荒的沙漠草場上，他也就只能說這樣一句話了，他吶喊或呼籲的力量有限，而耽於內心傷痛而滋生的陰影又是如此巨大，足以讓他感到無奈和沮喪。所以，他說這些話時，顯得很平靜，平靜得就像一場風刮過時，必然要帶走一些沙子，留下一些塵灰。他似乎很自覺地把自己調解到了弱者的位置，默默忍受著，一如一塊石頭默默忍受著風和雪一樣。

據老人說，捕獵長眉駝的人是那些倒賣羊的二道販子。有一次，他在沙漠中牧駝，一群人開車沿著公路來到他身邊。他們稱自己是找礦的，在沙漠裏轉了好幾天都一無所獲，想和他聊聊。沙漠中有礦，這是不爭的事實，有很多人都在找礦，這也是不爭的事實，所以阿吉坎・木合塔森相信了他們。他們拿出「雪蓮王」煙和「伊犁特」酒，讓他抽，也讓他喝。阿吉坎・木合塔森一個人天天在沙漠裏待得實在寂寞，所以也樂意和人聊天。於是，他一邊抽他們遞過來的「雪蓮王」煙，一杯一杯喝他們倒滿的「伊犁特」酒，一邊和他們聊那一帶的沙漠。他不知道自己的講述對他們有沒有用，反正他們聽得津津有味。最後，阿吉坎・木合塔森喝得有些醉了，心想傍晚還要趕長眉駝回去呢，便不再喝了。那些找礦的人似乎很知趣，馬上告別他走了。但他不知道，就在剛才他們很熱情地勸他抽煙喝酒時，一場陰謀卻在悄悄進行。圍在他身邊的人吸引了他的注意力，另有幾人在一座小山包後用麻醉槍把三峰長眉駝擊中，用刀砍下了六隻珍貴的駝掌，悄悄裝在了車上。更可惡的是，他們怕長眉駝突然醒過來痛叫，又用刀子割斷了它們的喉管。然後，他們若無其事地過去和阿吉坎・木合塔森抽煙喝酒。人多，酒便也勸得多，阿吉坎・木合塔森很快便不行了。他們客氣幾句，匆匆開車走了。

傍晚，阿吉坎・木合塔森發現了倒地而亡的三峰長眉駝，頓時明白上當了，他氣得用巴掌扇自己的嘴，悔恨剛才因為抽煙喝酒上了當。那些傢伙已經跑遠了，沙漠中只有汽車輪胎輾起的灰塵像鬼魅一樣在慢慢消失。

從那以後，阿吉坎・木合塔森在牧駝時從不和人說話，更不抽一支別人遞給他的煙，留在心裏的陰影變成了警覺的壁壘。他十分喜歡那三隻長眉駝，以後每每牧駝走過那個地方，他都默默地叫它們的名字，眼角禁不住就變得濕潤了。他恨那些可惡的盜賊，他知道他們用各種野蠻的方法偷捕，將長眉駝當場麻醉，卸塊，裝進編織袋，偷賣到一個個飯館裏，然後擺上餐桌。而珍貴的駝掌，則賣到了南方。長眉駝作為菜肴的價值就這樣出現了，但它們的生命價值卻被殘忍地扼殺了。

之後，他還被人偷過長眉駝，但慶幸的是長眉駝不跟盜賊走，在半路上轉身而回，使他沒有受到損失。那是一個冬天的雪夜，盜賊趁他一家人熟睡之際，悄悄潛入駝圈牽走了一峰長眉駝。走到半路，長眉駝意識到了什麼，掙脫盜賊的手，大聲嘶叫著向阿吉坎·木合塔森家跑來。盜賊怕被人逮住，趕緊溜了。第二天早晨，阿吉坎·木合塔森看見一峰長眉駝站在院子裏，雪地上有淩亂的駝蹄印和人的腳印，他出去沿著雪地上的痕跡看了看，便明白是怎麼回事了。他用手撫摸那峰長眉駝的長眉，在內心覺得它很親切。

慶幸的事總是偶爾才有的，後來他的長眉駝還是被人偷了。他知道賊要把長眉駝賣到大地方去，因為長眉駝的肉只有到了大地方才值錢，他想騎馬把長眉駝追回來。別人告訴他，賊快得很，說不定他們已經把長眉駝大卸幾塊後，坐上了汽車、火車或飛機正往內地運呢，你的馬再快恐怕也趕不上了。他聽了後氣得說不出一句話，快快地回家去了。

說了以上這些事，阿吉坎·木合塔森便不願再說長眉駝丟失或被偷的事了。屋裏的幾個人都有些沉默寡言，氣氛變得沉悶起來。我知道擺在他們面前的是一個以他們的能力無論如何都不能解決的難題——在經濟利益的驅使下，人道已徹底喪失，人野蠻的腳步踏碎了自然的靜謐，讓這些與長眉駝相依為命的人無以安寧。在很多時候，他們是保護不了身邊的動物的，但他們必須容忍這殘忍的現實，就像在夏季忍受沙漠裏酷熱的風，在冬季忍受寒冷的雪。不忍受，他們又能怎樣呢？

天黑了，冬窩子裏亮起了燈，光線渙散，亮度有限。雖然阿吉坎•木合塔森一家住的是冬窩子，但外面的風還是從門縫裏灌了進來，把燈吹得搖晃，要是誰走動，晃動的身軀便把一種不安的、影影綽綽的影子投在泥牆上。我不由得疑惑，似乎有什麼不好的事情要發生。

16 緩慢的行走

我在葉賽爾家待了一段時間了，他看我對牧駝很感興趣，總是不停地問這問那，便決定帶我外出牧駝。太好了，我正想提這個要求呢，他倒替我想到了。

早晨，我們讓長眉駝排好隊，像是出征似的出發了。沒走多遠，葉賽爾的妻子喊叫著追了上來，把握在手裏的一個什麼東西塞到了他口袋裏。她速度太快，我沒有看清她塞進丈夫口袋的是什麼東西，但她的臉紅了，不好意思地轉身跑回去了。在之後的十幾天裏，我出於好奇，老是想弄清楚他妻子塞進他口袋的是什麼神秘的東西，但葉賽爾好像對我很警覺，從始至終都沒有讓我知道究竟。

我們倆隨駝隊慢慢走進了沙漠深處。長眉駝們行進的速度極慢，走了好一會兒回頭一看，離出發的地方卻並不遠。葉賽爾看見我焦慮，說：「跟著長眉駝，你的耐心就得到了最好的鍛煉；沙漠大著哩，不是一天兩天能走完的，所以你要學長眉駝，一步一步走。老人說得好，不怕慢，就怕站，一站就耽誤時間了。」他為了讓我更明白他所說的「不怕慢，就怕站」的道理，又詳盡了介紹了一番：既使慢一點，卻總是在往前挪動，而你要是停下，路還是那麼多路，還在等你一步一步去走，但你停下的同時耽誤了時間，你說划算不划算。

好，不怕慢，就怕站。那咱們就不要站，慢慢往前走吧。

長眉駝們也好像知道將要進行一場艱難的行走，所以都似乎變得很茫然，一步一步緩緩地往前移動。長眉駝們如此龐大的身軀，要是走得快一點倒不顯得沉重，而現在它們這樣緩慢地走動著，讓人疑惑它們已無法承負自己龐大沉重的身軀，轉眼間就會轟然倒地，把沙漠砸出一個深坑。其實它們四蹄踩地的聲音已經很沉重，「咣哧咣哧」地在沙漠中響徹不停。我想，誰如果長年跟隨長眉駝在沙漠中行走，並能夠長期忍受如此鬱悶的氣氛，那麼他的心理承受能力一定比任何人都強。實際上，沙漠中的牧駝人，還有這些哈薩克族牧民，一年又一年，都是這樣過來的。時間長了，在沙漠中沉重的行進就變成了生活。生活，是多麼強大啊，誰又能不適應並順從呢！

走出一段路後，前方出現了一片野草。說是野草，實際上是因為初春的原因，只長出了一些葉片，遠遠地看上去頗顯生機，分外誘人。駝群開始騷動了。這鮮嫩的葉片，對於它們而言無疑是難得的美食，它們想一飽口福。本來整齊的駝群為了這一誘惑迅速散開，前面的長眉駝已揚起蹄子，後面的長眉駝也有了要跑過去的意思。美食就在眼前，長眉駝們像人一樣是經不起誘惑的。但葉賽爾卻不讓它們吃葉片。他幾步跑過去堵住了前面的長眉駝，嚴厲地吆喝著把它們趕到了一邊。小葉片仍在那裏嫩綠著，因為有葉賽爾嚴厲的目光和阻攔，長眉駝們只能投以急切的目光過去，但卻不能啃上一片。葉賽爾是它們的主人，他不讓它們吃，它們便不能吃。這是規矩，沒有哪一峰長眉駝可以把它打破。

它們繞著這片剛剛長出的葉片走了過去。走過之後，它們的蹄音似乎沉重了許多。行之不遠，前面出現了一條小溪，「汩汩」水聲和水面反射過來的亮光像一種召喚，老遠就抓住了在沙漠中孤獨行走者的心。長眉駝們也同樣受到了召喚，發出粗重的鼻息，步子也邁得快了一些。沙漠中的河水總是讓人感到親切，一看到水就有一種急於近前的感覺。在很多時候，沙漠中的水就是生命，就看你有沒有最後的力氣走到河水跟前去。

我們和長眉駝已經走了大半天的路了，本來就已經很渴了，現在一看到河水就感覺喉嚨裏更難受了。人是這樣，長眉駝們自然也不例外，它們一看到小河，又開始騷動不安了。我知道長眉駝們的耐力很強，吃一次東西可以管十多天，而喝一次水卻可以管二十多天。但使它們永保這一英雄本色的前提是，必須得讓它們一次吃飽喝足。英雄本色從外觀上而言是一種氣度，一種精神，但在其後同樣需要物質支撐。

我想，我們這一趟出去要走很多路，不一定能碰到河水，就讓長眉駝們在這兒暢飲一番，以保證在未來的日子裏能夠保持體力。但葉賽爾又不讓它們喝水。像剛才阻擋長眉駝們吃草一樣，他幾步跑到長眉駝前面，嚴厲地吆喝著把它們趕到了一邊。小河的「汩汩」水聲和水面反射過來的亮光仍像一種召喚，但因為有葉賽爾嚴厲的目光和阻攔，長眉駝們仍只能投以急切的目光過去，卻不能過去喝上一口水。葉賽爾又嚴厲地吆喝了幾聲，它們便不得不離開河邊，繼續踏上前行的路程。

草不讓吃，水不讓喝，葉賽爾為何如此對待長眉駝？一直到晚上找到了一個避風的地方停歇下來，葉賽爾的一番話才為我解開了謎團。原來，長眉駝們在沙漠中之所以能夠無比頑一強的行進，並比任何動物都有耐力，其原因並不在於它們的體力，而在於它們的耐力。也就是說，上路之前讓它們吃飽喝足，然後就進入了沒有草也沒有水的沙漠中。剛開始走的幾天，它們不會餓，自然就走得很輕鬆，因為這時候它們靠的是體力。過上幾天，它們餓了，卻沒有草也沒有水，這時候它們就得靠耐力，但長眉駝們的耐力需要一個被激發出來的過程。也就是說，必須要讓它們明白自己身處的地方沒有草也沒有水，必須為之絕望，才可以把它們的耐力激發出來。說到這裏，他問我，你現在知道我為什麼不讓長眉駝們吃草和喝水的原因了吧。

我似乎明白了一些。

天已經黑透了。長眉駝們臥在我們身旁，不時地發出呼吸聲。我突然覺得，它們像一群要去遠處領取某種榮譽的跋涉者。要得到其榮譽，就必須像一步一叩首的朝聖者一樣，在路途上完成這種精神和肉體的苦役，然後才能到達目的地。得到榮譽時，將苦難深深隱藏起來。

他說，剛上路時就讓長眉駝們吃草喝水，它們就會認為這一路走下去到處都有草和水，就會放鬆，減弱毅力，這對長眉駝們來說不是好事。一路走下去不可能到處都有草和水，更多的時候還得靠耐力，它們遲早要餓著肚子走路，忍著饑渴爬坡。所以，我不讓它們一上路就吃草喝水，目的就是讓它們在饑餓時，能夠像別的長眉駝一樣馬上適應過來，而不要因為心存前方有草和水的僥倖心理，痛苦和徘徊著不肯上路，那樣的話，它們就不是好長眉駝。

我全明白了。

17 在「霍斯」裏

葉賽爾選中了一塊平坦、有水有草的地方作為這次短暫的牧場。他說，福海縣有一個叫沙吾爾的冬牧場，沙吾爾是哈薩克族語，意思是「馬背這麼大的地方」。現在咱們倆雖然不去福海，但我們待的這個地方也是馬背這麼大的地方。不過，地方小有地方小的好處，每天走一走，轉一轉，人不累，心也不累。

一個小地方打開了襟懷，任我們粗魯地闖進了它的深處。春天雖已來臨，但冬天的影子仍無處不在，空曠、俊瘦、乾枯、蒼黃、沉寂、落寞、孤獨等等，仍使這一片小沙漠像是一個清瘦的思想者，又像是一個散於空中、沙之上、駝群與日光之間的傾聽者。天黑了，夜色像大海般濃重而又寂寞，長眉駝粗重的呼吸一聲接一聲，似乎能傳到幾百里之外似的。我們倆搭了一個在哈薩克族人中很常見的「霍斯」（氈房），風一直在外面喧嘩，把初春的寒氣吹得似乎在跳動。這種跳動似乎一直要瀰漫到時間以外，讓人徹底服從於大自然的安排。

沙漠中散佈著一些出來短期放牧的牧人，他們的家一戶比一戶遙遠。每一個牧人都享有幾十里的空闊地帶。人們之間雖然遙遠但很熟悉，天黑了在同一片黑色深淵，天亮了在同一個靜寂深淵，閉上眼在同一個睡夢深淵，睜開眼在同一個日光深淵。一切都在等待中甦醒，迎來燦爛白晝。

一座座孤零零的，小小的「霍斯」蹲伏在茫茫沙漠中。我隨便掀開一個「霍斯」厚厚的氈簾，裏面有一位面容沉鬱的牧人在發呆。他的腳下是兩隻剛降生才一兩天的濕漉漉的小羊羔。我和他說話時，他不停地用手撫摸著冬羔身上柔軟蜷曲的細毛。如果這樣的情形出現在葉賽爾的「霍斯」中，他的腳下一定是兩隻剛降生的，同樣也是濕漉漉的小駝羔。外出放牧產下的駝羔，總是讓他又喜又憂。喜的是新添了駝丁，憂的是在荒漠中難以養活。

有時候我看著葉賽爾，覺得他真年輕啊，脖頸上有被太陽的紫外線灼燒結下的兩塊紫紅色的疤。他有時會不知不覺對我說一兩句哈薩克語，於是我便又聽見了一方異族的土語，聽見了語言的差異。我不懂哈薩克語，在哈薩克族人的世界中，這是適用於一切事物的語言。比如在這古老、黑暗、濕冷的狹小「霍斯」裏，從葉賽爾嘴裏急促地吐出一大串我陌生的詞語，我雖然聽不懂，但我卻可以感受到他要表達的意思。他坐在鐵爐子跟前，不時用鐵鉗夾起幾塊木材填進火焰裏。爐子上架著一隻搪瓷盆子，裏面盛滿了水，明亮的火苗活潑地跳躍著，「霍斯」外面的冷風似乎也被這活潑的火苗阻止不前。他不說話的時候，他的聲音似乎隱藏在身體中。我們不說話的時候，我便想像他在心裏想什麼；在我不能觀察他的生活時，我想像他的生活。我目不轉睛地看著一盆子水在緩慢地沸騰。我們倆的晚飯，一頓香噴噴的揪片子（面片）就要在這盆水中做出來。

「霍斯」一角的地上鋪著氈子。在這裏，無論是窮人還是富人，全都躺在地上睡覺。累了或無聊的時候，可隨時撲倒在「床」上。沒有女人，沒有電視和電話，甚至沒有牧人家幾乎都有的收音機，沒有冬不拉。空蕩蕩的煙燻火燎的「霍斯」，所有漏風的地方都用氈子堵死，但還是冷。這頂氈包實際上是我們倆胡亂搭起來湊合用的，我們總覺得在這裏待不長，過幾天就要走。我想，以前他獨自一人在這裏是怎樣生活的？我間接聽他說過放牧的生活——「霍斯」中放一隻平底鍋，爐旁有一隻塑膠盆，盆裏是一大團發好的麵團，整個兒用皮襖裹住。他每隔三天烙一次饢餅，每次六個。也就是說，他一天吃兩個饢餅就可以了。這很像是僧侶的房舍，有一種禁欲主義的風格。這種「屋宇」，這種環境，適合沉思默想，把一切世俗生活的欲望濾盡。

「在夏牧場好幾個月都見不到女人。」他說。但關於女人他只是一句帶過，他的話題全在長眉駝身上。他說起兩隻渾身濕漉漉的小駝羔，它們蜷縮在爐子邊取暖。這兩隻小駝羔是我們此次出來的第一天晚上產下的，是他今年迎來的第六隻新出生的家畜。母駝生產後把它們舔得乾乾淨淨，他把它們帶到了生著爐火的「霍斯」裏。火爐附近鋪著破爛的布條，以防它們碰上去。從出生的那一天起，這兩隻小冬羔就是葉賽爾家的新成員了。在寒冷的冬窩子，母駝要生子時便不能像夏天那樣跑出去，只能在駝圈裏生產，所以每隻駝羔的誕生對牧人來講都是一件大事。我不曾目睹這樣一個生命的誕生，但我卻能感到那只分娩的母駝在渾身顫抖，在極度痛苦和喜悅中呻吟、哀號、抽搐——它的聲音讓人聯想到一個真正的母親，一個女人。當時，整個沙漠一定一片漆黑，沉默不語。過了一會兒，一個濕漉漉的，渾身沾著血的小駝羔降生了。天亮了，它在晨光中睜開雙眼，目光清亮，宛若處子。它搖搖晃晃地站了起來，眼睛貪婪地顧盼著，吞下晶瑩的雪海。

降生——成長。生命有如秘密。它將和所有鮮活的生命一起，去迎接大地上飄蕩無定的自由。聽說走在夏牧場放牧的路上，會時常看到殘缺不全的羊胎盤丟在路上。有些有孕在身的母羊們在放牧的途中自然分娩。它們舔淨胎衣，把孩子弄乾淨後喂初奶，然後趕上羊群，好像什麼都沒發生一樣的繼續吃草。

黃昏，「霍斯」外傳來幾聲犬叫與駝鳴，隔了一層氈子，我聽到了外面雨落下時的潮聲。此刻，茫茫雪原在目送我，它的眼神柔和。青黛的晚暮中瀰漫起溫暖的炊煙。這一天終於過去了。我突然無緣由地感到不安。天慢慢黑了，浩大的雪原似乎覺察到了我的心思。開始不動聲色地潛沒，但我還是牢牢記住了它的眼神，記住了它無緣由地感到不安時凝神屏息注視我的形象。

在極其寒冷的遊牧地區，物競天擇，留下的都是耐寒品種，「木壘長眉駝」就是這種環境中的當家品種。人們津津樂道於長眉駝的優點，讚美它的耐力、耐寒、善於長途跋涉等。但讓我感興趣的是哈薩克族人對家畜方面的認識體系。短短幾天中，我向牧人請教了不少哈薩克族人有關遊牧方面的知識。比如說，哈薩克族人把羊耳朵的形狀分成三種。寬而下垂的耳朵叫「透克」；直挺挺的呈筒狀的長耳朵叫「克固烏斯」；向兩邊突起的短耳朵叫「求納克」。牧人們正是靠羊耳朵的形狀才能一眼辨認出自己家的羊。一點都不會錯。除了這三種形狀外，有的羊還長著向兩邊長長突出的，耳幅略寬的耳朵叫「沙日班」。葉賽爾說：「沙日班」是「透克」和「求納克」的中間形狀。

世界上的一切事物在語言中尋求著神秘的對應，供我們在其中生活，並講述它。葉賽爾說，長眉駝在往返遷徙的過程中，能夠覺察出遷移的大概時間。每當九月初秋的寒氣上升，駝群便開始變得躁動不安。等到遷徙開始，羊群需要走兩個小時的坡路，長眉駝們僅用了一個小時就走完了。

我問他：「長眉駝們為什麼這麼快呢？」

他說：「長眉駝比起其他動物來說，是對家最有情意的，所以放收回去時總是走得很快。」無獨有偶，他說的另一件事恰好就是對他這番話的證明。他說，在十幾年前，冬牧場上流傳著這樣一件事：冬天過去，即將向春牧場遷移的前一天夜裏，一位牧人的幾峰駱駝突然不見了。牧人們想盡了各種辦法尋找，但還是沒有找到。因此，向秋牧場遷移便晚了十來天。牧人帶領剩下的駝群遷移，在途中，那位牧人意外聽到了幾峰無人帶領的駱駝往北走的消息。當牧人到達春秋牧場的時候，發現了失蹤的駱群正在牧場上悠然地吃草。原來，它們熟悉幾十公里的遷移路，自己走過來了。

在「霍斯」裏，他就這樣給我說著放牧的事情。其實，這些事情離我們很遠，包括葉賽爾這個牧駝人來說，也許一生都不可能經歷，但我們倆就這樣樂此不疲地談論著，似乎如此輕鬆的談論，已經變成了一次真的經歷。

18 黑夜中的淚水

天黑了，我和葉賽爾住在「霍斯」裏，長眉駝們臥在沙地上。人可以利用「霍斯」避風擋寒，而長眉駝卻臥在空曠而寒冷的沙地上。在「霍斯」裏，我和葉賽爾吃飯、喝奶茶、抽煙，躺在繡有羊角的毛氈上睡覺。而在帳篷外的沙地上，長眉駝們或站一夜，或臥一夜，不會亂走亂動，也不會發出大聲的呼吸或鼻息。人在「霍斯」中呼嚕聲連天，而長眉駝們卻一聲不響，像是人的守護神一樣守衛整整一夜。多少年了，在遊牧的過程中，人和牲畜就這樣度過了一個個夜晚。

葉賽爾忙了一天，很快就睡著了，而我卻沒有一絲睡意，便披衣走出了「霍斯」。因為有些許月光，所以夜不是很黑，四周的山巒和駝群都清清楚楚地出現在我眼前。我坐在一塊木頭上看山。這時候的山像是終於感覺到累了，在黑暗中漸漸伏下了身軀。黑暗——這些模糊不清的精靈在這時卻似乎很活躍，不動聲色地運動著，填補了山與山之間的空隙，佔有了山上山下的空間，讓它們渾然變成黑乎乎的一團，靜靜地躺在夜色中。

過了一會兒，月亮慢慢爬了出來。就在我隨意一瞥時，我發現黝黑的山頂上，積雪被突然出現的一片月光照得白淨透徹，比白天還要白，還要亮，還要乾淨。我仔細端詳，發現被月光照耀的積雪有一種高貴和矜持在慢慢擴散。它好像從白天的無奈中，從太陽的粗魯中，從天空的空白中終於走了出來，抖落盡渾身的灰塵，像少女袒露出冰清玉潔的裸體，要為高原的夜展示一種美。不一會兒，山峰便慢慢被照亮了，有一種被月光將它身上的黑色贅物擦拭去了的感覺。月亮仍沒有完全出來，但安靜的山脈卻已經呈現出了白玉般的優雅，那些雪水沖刷出的泥石流痕跡，在一絲光亮裏變得更加輕盈。

高原的夜之燈不是月亮，而是積雪。我很激動，積雪被月光照亮後流溢出的潔淨亮光，像水銀，又像岩漿，慢慢向下湧動，吸引著我的目光。我眼看著那片亮色越來越大，彷佛一片無限大的白布，要把高原之夜全部遮蓋。我有些惶恐，這片白色要是全部展開時，月亮就出來了，這個神秘的高原之夜就不再神秘了。我希望月光與黑夜的這種極具動感的對峙堅持得更長久一些，好讓我看見大自然的生命運動。但我擔心的事情沒有發生。那片光亮幾乎在快要全部照亮雪峰時，卻像池塘裏的水一樣靜止不動了，它讓積雪如此恰到好處地呈現著，恍若渾然天造的美，不輕易為世俗而屈身。

就在這時，我看清楚了在我身邊或站或臥的十幾峰長眉駝，它們都低著頭，似乎黑夜是一種巨大的壓迫，它們無力承受，只能低下頭屈服。它們為什麼會在黑夜中低著頭呢？我不得而知。多少天之後我才知道，長眉駝如果不是走在路上，就會一直低著頭，尤其在黑夜中，它們就更不抬頭了。也許它們覺得在黑夜中原本並沒有什麼需要抬頭眺望的，所以便不抬頭了。我甚至估摸著，長眉駝在抬頭與低頭之間，也許有著什麼嚴格的禁忌。

我提醒自己，不要多想了，這本來就是長眉駝的一種習慣而已。就像人站著必然要運動，躺下必然要休息一樣。但就在我隨意一瞥間，我發現長眉駝們的表情很憂傷，似乎在忍受著什麼。為了看得更清楚一些，我湊近一峰長眉駝細看，它果然滿臉愁容。長眉駝們在黑夜中是痛苦的，我這是第一次發現。我已經知道了長眉駝們從不睡覺，在漫長的黑夜中，它們就那樣挨著時間一直到天亮。我想，長眉駝們因為從不睡覺，所以一生也就是一天，而無數個漫漫長夜則是它們一生的一半，它們活著，低下頭，必須把一生的一半忍耐過去。它們痛苦，是因為這種難熬的忍耐嗎？

我有些心疼長眉駝。在白天，它們在沙漠中昂首闊步，是一幅剛強的形象，而在黑夜，它們卻深深地伏下身軀，低下頭顱，任黑夜像幽深的水一樣把它們淹沒。

它們早已學會了這種被淹沒，內心的酸楚一再瀰漫，又一再被壓制下去，最終在內心堆積成厚重的麻木。麻木了，也就好活了。

我想撫摸一下一峰長眉駝的臉，但我卻觸目驚心地發現，它在流淚。我把手伸過去，它並不躲避，於是我便觸摸到了它的淚水，冰涼冰涼的，讓人的手指忍不住發抖。

長眉駝為什麼在黑夜流淚，這又是一個謎。我在十幾峰長眉駝中走了走，發現有一大半長眉駝在流淚。在月光的映照下，它們自雙眸中湧出的淚水像兩條白色的細線，從面額上一直流到下頜，然後凝為一滴，無聲無息地落入沙漠中。平時，我們總是看到長眉駝們積極和快樂的一面，認為它們的精神世界就像它們的身軀一樣高大完美。

但我們忽略了它們的內心感受。它們像人一樣也在用一雙眼睛看世界，也在用不停地運動著的身軀為生存而努力。在其過程中，它們一定看到了很多美好的東西，但它們得不到，只能任其化為美麗的幻影；它們也一定追求過它們想得到的東西，比如茂盛鮮嫩的草，一直就是它們最大的，也是最富情理的夢想，但事實上那樣的草少而又少，它們只能在內心存一個夢而已。在大多時候，它們在沙漠中走了很遠，得到的卻很少很少，它們只能忍受這殘酷的現實。在它們的生命中，甚至目睹了很多死亡和痛苦，承受了很多苦役和辛酸……所有的這些，在這幽黑的夜裏，都自覺不自覺地在內心湧動成一種酸楚，最後湧向雙眸。

這黑夜中的淚水，哪怕是因為它們多麼傷心，多麼痛苦，但都不能被牧民看見（我只是偶然看到了），不能引起人們對它們的憐憫和同情。而它們也許正因為不想讓人們看見自己傷心的一面，所以才在黑夜中流淚。濃厚的夜色遮蔽了一切，它們不再壓抑內心的酸楚，使之從雙眸中湧動出來。湧出後，它們的內心便釋然了，也就輕鬆了。

這樣一想，我怕驚擾了它們在黑夜流淚的時刻，便悄悄離開。我想，長眉駝們在黑夜流淚已經變成了一種生命方式，它們多少年來一直就這樣忍耐著，哭著，活著。它們在黑夜中把內心的痛苦化為酸楚的流液，從雙眸中湧出，這也許就是化解痛苦的一種方式。如此看來，幽黑的夜色幫助了它們，它們把淚水交給黑夜，然後迎來日出，以一種快樂的神情與大地履行生命之約。人在很多時候不也是這樣嗎？

19 水的情意

葉賽爾趕著駱駝出去放牧了，我在沙漠裏亂轉。爬上一個小山坡，眼前倏然亮光一閃——一片小海子像熠熠閃光的明珠一般，正偃臥在大漠之中。小海子水色極藍，與天一色，與大戈壁形成了強烈的對比。遠遠地望上去，覺得大戈壁這個漢子已經饑渴得失去了知覺，現在有了水，卻不忍心飲下，只是小心翼翼地雙手端著。遠處是雪山，小海子的水大概就是從它上面悄悄流下，在土地深層經過一次生命的悄然律動，彙入了這裏。

讓人心生疑慮的是小海子邊的那些白鹼地和裂開的寬寬的口子。水這麼近，這些土怎麼就得不到浸潤，如此淒慘地泛著白城呢？後來繞到小海子的另一邊，我再次觸目驚心地發現，在小海子的水能夠漫淹到的岸邊，那些草幾乎只發了一些嫩芽，就枯黃而亡。幾場大風過後，蓋著它們的沙子被吹走，露出了粗粗的根。如果再刮上幾場風，說不定連根也被刮走了。

這種生命現象從另一個角度是不是說明小海子中的水正在受到威逼呢？有幾隻鳥兒在小海子中飛來飛去，把一切都襯托得平緩而自如。與小海子對應著的，是從它岸邊聳立而起的一座小山。山不高，只有幾百米的樣子。如果說，小海子是溫柔和隱約的話，那麼這座小山就是裸露的。不知出於什麼原因，這座小山一改大漠中的山幾乎都是湧起的沙丘的慣例，在岸邊突兀而起，像從水中站起的一頭怪獸。小山的山體也頗有特色，自上而下佈滿了筆直的棱溝，像是有人用無數把利刃故意雕刻出來的，雕完之後，仔細凝視一會兒，又覺得不過癮，乾脆把那些利刃放在了山上。

這樣的山當然要爬一爬。然而沒走幾步，頓覺腳下有異，低頭一看，原來這樣硬朗的一座山卻是由沙子組成的。軟軟的沙子一經踩下，便把腳吸了進去。不知道山體上那麼硬朗的棱棱溝溝，又是被什麼從沙子底下支撐出來的。看來這山又是一奇。

因為怕踩了沙子，破壞了那些棱棱溝溝，就趕緊下了山。

值得一提的是半山上的那棵枯樹。它像是被一場大火燒過一樣，枝幹已變得漆黑。它是怎樣在這樣一座乾旱至極的小山上長出的，後來又是怎樣在死亡中變成這幅模樣，與這座山成為一體的？苦難中的嬗變原本是無可奈何的事情，而且要是這樣的情景發生在一個牧人身上，更是無法想像迷戀肥美草原的他們該怎樣忍著內心的悸痛去承受？我曾見到一個維吾爾族老人趕著馬要越過一塊石頭。馬好像恐懼那塊石頭，死活不肯過去。老人痛苦地從石頭上走過去，然後用雙手拽韁繩，他銀白的鬍子被風吹起來，裹住了大半個臉龐，只剩下一雙苦痛的眼睛。馬在他的牽動下，忽然頭一揚跑向了一邊。老人跌倒在地，坐在地上好一會兒起不來。我不得不離開，因為我已經看見了老人的眼淚。

我想，當世界的這種猙獰黑牙般的出現時，人真不知該如何祈求。走下山，我得出一個結論，看山只可看其一面，切忌面面俱到。那樣，你必失望。

離開之後，沒想到好風景才出現了。從遠處看，小海子活脫脫的是一個風韻極佳的女人，而那座小山又猛乍乍的是一個青壯漢子。再走遠一點回頭看，他們已緊緊擁抱在一起。

我在心裏說，緊緊地擁抱，熱烈地接吻吧！你們這野性的男人女人，在這赤野千里的蠻荒之地，你們想怎麼樣都行，沒有什麼可以阻礙你們。

我走過幾個沙丘，穿過一片紅柳，在一條小河邊找到了葉賽爾。長眉駝們在河灘裏吃草，他望著河水發呆。這條河不大，河水打著漩渦，似乎不肯向前。細看之下，像是有誰的拳頭在水的內部揮舞，水花翻起，互相碰撞，濺起一片一片的碎屑。有很多地方在水花翻起之後，居然向後倒流而去。那一股逆流的力量，似乎把旁邊的順流水都撕痛了。我沿河向前走了數里，仍然是這樣的情景，就不由得使人詫異，這條河怎麼養成了這樣的脾氣。

不得不承認，一條河其實在慢慢打開自己。這條河也一定是從雪山上流下來的，在我面前像一個正急著趕路的人。大山和高原氣候像兩個匆忙的龍套演員，都在它跟前一閃即逝。它要流入大江大海中去。在沿河一帶，慢慢地形成了一個非常奇怪的現象，河邊的那些野草和樹木呈現著三種景象，它們有的地方嫩綠，有的地方泛黃，有的地方已經乾枯。每一根草或一棵樹，都這麼奇怪，似乎春秋冬三個季節都在同一時間降至它們身上，又似乎世界忽然出現了另一個怪異的季節。

葉賽爾說，來這裏的牧民以養駱駝為生，人與駱駝可以說是相依為命的，而駱駝又與草相依為命，就這樣，人與草也有了一種關聯。牧民曾因為這裏水草不濟，趕著駱駝去別處放牧。走的時候大家都很高興，都想著這一去准有好的收成。然而時間不長，他們都趕著駱駝回來了。原來，駱駝也似乎天生命數，遠處是羊的存身立命之地，它們去了之後，那裏顯得很擁擠。牧民們在這時候顯示出了一種罕見的大度——他們毫不猶豫地把駱駝趕了回來。每一隻牲畜都是牧人的生命，他們這樣做，實際上堅持了牧人最重要的信念。

回來後，牧人和駱駝又重新面臨這些少得可憐的草木。駱駝在山野裏閒逛，走出很遠，也吃不上一口草。但它們還是在那光溜溜的沙灘上一遍又一遍地啃著，似乎那些石粒就是草。牧人們坐在石頭上，抬頭看天空中盤旋的鷹，低頭看看石縫裏艱辛爬行的蟲子，目光一直是那麼平靜。

也許人們被駱駝的這種精神感動，都喜歡吃這裏的駝肉，也奇怪，這些吃不上草的駱駝渾身都是精肉，吃起來香脆可口。這條小河仍像往日一樣寧靜地流淌。那些草木照樣同時泛綠、發黃和乾枯。人們在沉默中似乎堅持著什麼，慢慢地，這條河就成了他們安身立命的地方；在這條河邊，他們所求不多，但心裏踏實，因為他們知道每年來這裏雖然不會讓駱駝長多肥，但總不會瘦下去。

春天的時候，山上的積雪化成水，在大地上流成一條條小溪，最後一一歸入這條河。駱駝們每天早上一出門都喜歡跳入溪中，把水踩響。一條河的一天就在這種聲響中開始了。

我和葉賽爾坐在河邊抽煙。他說，新疆的水在天上哩，比如雪水、寒流等，往往都能引起大雨，說下來就下來了。如果我們現在把這裏的土取走，到時候就撐不住天了。

我理解他的話中包含的意思。平時，我們對水沒有深刻的認識，以致我們在長時間的沉寂中已經對水沒有了感覺。還有眼前這個愛說話，臉上似乎總有一層塵土的哈薩克人，他在內心其實保持著一種與水對話的方式。這種方式是屬於在這塊土地上生存了很久的人獨有的。

下午返回時，我看到了驚奇的一幕。有一戶人家在這條河邊放牧，其牧畜有牛、羊和馬。遠遠地，我看見從這戶人家走出一位身材高挑的哈薩克族少女，身姿婀娜地去河邊提水。幾頭駱駝走到河邊，意欲涉水而過，卻猶豫著徘徊不前。她提起一桶水，走過去攔住它們，把水潑向它們的四蹄，那些沾在駱駝蹄子上的泥巴轉瞬不見了，她這才把它們趕過了河。

河水依然那麼清潔，彷彿是剛從雪峰上流下來似的。

20 向大地覓食

我跟在長眉駝後面，感覺自己很像一個牧人。長眉駝們吃草，我看沙漠，看雪山，看兩隻鳥兒鳴叫著談情說愛。一轉身，我發現長眉駝們已經走出很遠。我原以為，地上有草，它們可以吃一會兒，不料它們轉眼間便把我扔在了後面。被它們扔在身後的不光有我，還有沙丘、草叢和石頭。它們的身軀太高大了，有很多東西都被它們一躍而過，變成寂靜世界中的沉默者。

我趕到它們身後，緊緊跟上它們。說實話，被它們扔在後面便覺得頗為孤獨，甚至有一種恐懼感在內心漫延。我想，在很多放牧的日子，牧人與牧畜們之間其實是一種互相依賴的關係；人與畜彼此調解著對方的生活，時間久了，放牧反而變得不那麼重要了，重要的是人畜共存的那種和諧和默契。遊牧——這赤野蠻荒之地的古老生存法則，就這樣維持了下來。所以，每一個放牧者到了這裏，都自覺不自覺地堅持這一法則。慢慢地，人和牲畜變得像石頭一樣沉默。風從一個地方刮過來，又向另一個地方刮過去。就在風來來去去之際，地上的草綠了、青了、枯了，大雪也就落下來了。不管是人還是牲畜，順應了一種規律，時間便也就過得平靜而又舒緩多了。一年又一年過去，一代又一代牧人在沙漠中完成生命的擔負，然後又一一老去。

我觀察了一會兒，發現長眉駝只吃一種草。怪不得它們跑得這麼快呢，原來它們在尋找草。這種草很少，往往走很久都找不到一株。找到之後，它們視如神物一般對其凝視片刻，然後從鼻孔裏噴出鼻息，將草葉上的灰塵吹去，再伸出舌頭慢慢將草葉捲入口腔裏。它們嚼草的速度很慢，口腔裏有「唦嚓唦嚓」的聲音。沙漠中寂靜無聲，這種聲音便顯得很大，像是這些長眉駝的到來終於喚醒了沉睡已久的沙漠。也許沙漠中的很多東西都在沉睡，在等待著富有靈性的生命來喚醒。我有些好奇，被長眉駝視若神物的究竟是什麼草呢？腳邊有一株，我蹲下身細看，這種草的葉子很少，而且還長在全是尖刺的枝上，長眉駝們要吃到草葉，先受到尖刺的威脅。但長眉駝們的舌頭似乎很靈敏俐落，總是巧妙地伸過去把草葉捲入口中。也許，這殘酷的覓食現實早已教會了它們生存的技巧，那些尖刺已算不了什麼。

一峰長眉駝把枝上的葉子吃乾淨後，臥下又去吃根部的葉子。根部實際上也就兩三片葉子，它完全可以將其忽略，它卻小心翼翼將頭伸過去，把草葉捲入了口中。它的頭幾乎貼在了沙土上，那幾根有尖刺的枝劃在它臉上，出現了明顯的劃痕。吃完之後，它站起身子又往前走了。如果不是我親眼目睹，我又怎能相信一隻高大的長眉駝為了兩三片葉子屈下了身軀。在平時，長眉駝們遇上再大的風沙都不會低頭，但為了生存，它們卻無比艱難地讓自己的嘴伸向了那兩三片葉片。在這一刻，我看見了生命的艱辛，同時也看到了在這種艱辛中體現出的不屈。

下午，我再次看到了長眉駝為生存而表現出的一種艱辛。一峰母駝帶著兩隻小駝在沙丘中間不停地轉來轉去尋找草吃。草很少，它既使尋找到草，也只是為了兩個小生命，而它幾乎沒吃上一口。它們就這樣不停地在沙丘之間轉來轉去，把一個小範圍重複著轉成了一條艱難的長途。我從母駝的眼睛裏看到了一種茫然，但同時也看到了一種不屈。我想，我只能從長眉駝的眼睛裏看到這種茫然和不屈，而我看不到但可以感受到的，便是隱藏在背後的愛。

終於，母親找到了一株草，但它和兩個小生命今天的運氣實在太差，就在它們剛剛把頭要伸過去時，一峰高大的長眉駝卻把頭已經伸到了那株草跟前。母親眼裏充滿了無奈，兩個小生命眼裏充滿了失望。我不知道長眉駝們之間有沒有交涉，或者說，它們之間會不會產生一點同情。總之，這峰高大的長眉駝橫蠻地把自己的身軀立在了它們面前，嘴裏「哢嚓哢嚓」地吃著葉片。母親和兩個小生命絕望了，不得不轉身離去。

茫茫沙漠，它們去哪裡覓食？

一隻不知叫什麼名字的動物已倒地多日，只剩下了白森森的屍骨。兩個小生命好奇地跑到跟前，用嘴去拱。屍骨下本無草可吃，但它們卻甚為好奇，拱著屍骨玩得很開心。母親在一旁默默看著它們，眼睛裏有了一層憐憫，同時也有了一層酸楚——作為母親，今天帶子女出來卻一無所獲，它內心一定很不好受，但看著兩個小傢伙這麼高興，它便讓它們先玩一會兒，不急著帶它們去覓食了。看著它，我突然覺得它身上在這時顯示出來的，才是真正的母性。

玩了一會兒，它們才想起媽媽，回到了它身邊。它們又往另一個沙丘走去。別的長眉駝都因為有草吃而停住了腳步，只有它們得繼續往前走。行之不遠，它們運氣轉好了，找到了一株草。兩個小傢伙高興極了，張嘴「哢嚓哢嚓」地吃了起來。母親一口都不吃，只是站在一旁看著兩個愛子，一副很滿足的樣子。不一會兒，兩個小傢伙吃完了，回到了母親身邊。一株草的葉子轉瞬間都不見了，只留下了幾根光禿禿的枝條。

但母親從這光禿禿的枝條上仍然看到了希望，它臥下身子，把嘴伸過去啃兩個愛子忽略了的殘葉，它甚至把它們啃過的地方又啃了一遍，將殘剩的一點點葉根啃進了嘴裏。有半片葉子藏在幾根尖刺中間，兩個小傢伙怕受傷而放棄了，母親卻看成了一口不可多得的美餐，跪下前腿，把嘴伸到刺跟前，然後伸出舌頭巧妙地把葉子捲入了嘴裏。為了吃這一片葉子，它神情嚴肅，似乎在舉行著一場神聖的儀式。

它們將草葉視若神物，所以它們甘願為其跪下。

21
枯樹的生命

沙漠中的小山上實際上也就是大一號的沙丘，而且乾旱無比的景象別無例外，那些深深淺淺的溝坎因為長不出草，顯得像被刀砍過一樣傷痕累累。不遠處的山全是褐色的，如同太陽暴曬得裂開了傷口，剛剛流過血。幾隻烏鴉儘管在低低地飛著，但仍然給山谷添了幾絲淒涼。

駱駝們像是引導者似的，讓我看見了一棵枯樹。駱駝們走到這棵枯樹跟前像是得到了一個信號：前面不可能有草。它們一一轉身離去，不再到這裏來。

一棵樹孤獨地立在這裏。如果它是細瘦的，只長出不多的樹葉，反倒會讓人覺得它堅強。然而它不知已死去多長時間了，渾身枝幹是黑色的，被大風掀掉皮的地方，又觸目驚心地變成了紅色。由於它所處地勢較高，所以遠遠地望上去，幾根細黑的枝幹似乎已紮入雲霄無法抽出。幾隻烏鴉忽然從轂中飛出，怪叫著，要落在它上面。但繞樹幾圈後，卻因無枝可依不得不再次離去。我扭過頭才發現，與這棵樹一樣的事物太多太多——模糊的帳篷，泥濘的小路，稀疏的牧畜，裂著傷口的山谷……都已經在一抹赤野蒼黃中融為一體。

我在它跟前站了一會兒，往別的地方去。我想看到那些茁壯成長的小樹。不是因為被這棵枯樹影響了情緒，需要借助它們轉換心情，而是我實在不相信，一棵樹應該像被歧視後反而更加強悍的人一樣，越是在艱難的環境，越是有奇特的生命現象才對。

我想起去年的雪災過後在阿勒泰的一個村子裏發生的一件事。一隻山羊餓得實在不行了，就慢慢地爬上一棵樹，用嘴咬住一根樹枝，從樹上躍下，它被摔在雪地上，但那根樹枝同時也被折斷，它爬起來去吃掛在枝上的乾樹葉。如果那棵樹在今年活下來的話，一定又長出了新的枝葉。

之後不久的一個下雨天，我又向那棵樹走去。不知為什麼，我在心裏一直想著它，似乎對它有些捨不得。走到它跟前時，整個沙漠已被大雨裹住；此時的石頭和樹木被雨水沖洗得乾淨了許多，在大雨深處，那棵枯樹在雨中仍然赤黑。我覺得在此時已完全變得迷茫的世界中，它似乎是有生命的。

大雨「嘩嘩」下著，似乎要渲染出特殊的氣氛。在枯樹跟前，我一時無言。幾峰野駱駝在樹下臥著，從神情中可以看出它們對樹有幾分依賴感。野駱駝與長眉駝們比起來，顯得瘦骨嶙峋，一副不堪重負的樣子。而一棵無枝無葉的枯樹，本無遮風擋雨的功能，但它們卻選擇了它。也許它們從這裏經過多次，記住了這棵枯樹，所以在一場大雨突然來臨時，便依偎在了它的根部。

雨悄然濃密了許多，沙漠又模糊了輪廓。我忽然為此時的大雨高興起來，它像是在用十二分的熱情澆灌著這棵枯樹，而這棵樹又在無形之中被幾峰野駱駝選擇成了家。這是一種愛嗎，是類似於人一樣的一種關愛嗎？

我離去時，聽到枯樹上有聲音響起。我抬起頭，大吃一驚——那幾隻在山谷中低低盤旋過的烏鴉，不知何時已憩入該樹的枝頭，此時被我走動的聲音驚起，撲棱著繞樹盤旋。我望著這幾隻烏鴉，還有佇立於大雨中的枯樹，一時啞口無言。幾分鐘後，烏鴉又輕輕落入枯樹的枝幹，很快，便與樹融為一體。

我默默轉身離去。一棵樹死了之後，成了駱駝和烏鴉的家，在下大雨的天氣裏，它們都不離開，這是不可更改的一種依賴，也是一種深深的愛。

雨下得更大了。

22 又發情了

兩峰長眉駝們又發情了。像我第一次見它們發情的樣子一樣，它們口中湧出白沫子，糊得滿臉都是。情欲，這一刻在它們內心是一頭不安分的小野獸，折騰得它們不得安寧。

我問葉賽爾：「長眉駝們多長時間發一次情。」

他說：「這個不好說。剛出來放牧的時候，它們還一門心思吃草，吃上幾天後肚子飽了，腿就懶了，心裏就胡思亂想了。這時候它們便會發情。」

呵，由此看來長眉駝也是溫飽思淫欲的傢伙。葉賽爾看長眉駝們發情的樣子有些奇怪，他的眼眸中有一些很熱烈的東西，在長眉駝互相抵觸，推來搡去時，他便發出「喔喔喔」的聲音。不瞭解他的人會以為他在為長眉駝們助興，但我瞭解他，我覺得他在這一刻也很興奮，身體裏一定也有情欲獸在奔突。我覺得從某種意義上而言，情欲實際上是隱藏在人體內的獸性。因為情欲湧起的一刻，是不受人的意志左右的，其情形就好像有一隻小野獸在人體裏奔跑。詩人波德賴爾說，每個人的身體裏都隱藏著一隻野獸。從這一點上而言，人是動物的一種說法便不為過。

受氣氛的影響，我問葉賽爾：「你和你老婆多長時間親熱一次？」

不料他卻反問我：「你覺得我老婆長得怎麼樣？」說老實話，他老婆長相漂亮，身體性感，而且人也很活潑，是一個很迷人的女人。但我不好意思說出口，我怕他不高興。因此我只好說：「這個你最清楚了，你還問我！」與葉賽爾這傢伙相處這麼長時間了，我覺得有時候給他使個套把他套住挺好玩的，再說在這荒天野地，開一開玩笑，逗一逗樂，就不會覺得那麼孤獨了。

他看我不表態，便說：「你問我們多長時間親熱一下，這個不固定。人一忙嘛，這個事情似乎就忘了，要是閑了，就天天想這個事情，夜夜幹這個事情。尤其是冬天不外出放牧了，每天晚上就專門幹這個事情。我老婆厲害得很，每天晚上都要我兩三次，要得興奮得不得了時，嘴裏大叫救救我，救救我……」

我看他越說越直白了，便趕緊制止了他。其實，在這荒天野地讓他說一說他和老婆之間的房事倒也無妨，但我怕他的話引我入魔，要是我喜歡上他老婆該怎麼辦。於是我把話題引到長眉駝身上，問他：「這兩隻發情的長眉駝是公還是母？」

他斷定是一公一母。我覺得既然是一公一母，剛好解決問題。但他卻認為解決不了。既然解決不了，哪現在有沒有辦法幫一下發情的長眉駝。他說：「沒辦法幫。你不知道，在長眉駝中有一個很奇怪的現象，發情的長眉駝急得團團轉，而別的長眉駝卻視而不見，身體不會有什麼反應。而兩峰長眉駝要真正交配卻要等其中的一峰發情三次以上。」

他的這些話讓我越聽越覺得玄乎——一公一母同時發情卻不能交配，發情的一峰要發情三次以上，才能引起另一峰的興趣。看來，長眉駝們要想享受一下性快樂，著實不是一件容易的事。常常的情況是，一峰長眉駝興趣來了，想快樂一下，而另一峰卻沒興趣，所以它便只能乾著急。人要是這樣，還不急死。

沒想到葉賽爾故意在向我兜圈子，他見我變得鬱悶，便說：「人沒辦法幫它們，它們自己有辦法解決，你就等著看好戲吧。」

好，那咱們就等著看好戲。我和他坐在一塊石頭上抽煙，聊一些無關痛癢的話。他覺得我的「紅河」煙不好抽，與他的莫合煙相比，不但燃得太快，而且味道太淡。他抽完一根「紅河」後，便捲了一根莫合煙有滋有味地抽了起來。抽著煙，他突然把話題又轉到了性方面。他說他喜歡吃羊肉，雖然不知道別人吃羊肉會不會增加性慾，但他卻有明顯的反應。時間長了，他老婆也知道了這一點，興致來了會先讓他吃羊肉。我和他開玩笑，這次回去你們家的羊恐怕又活不長了。他聽了「嘿嘿嘿」地笑，一副很快活的樣子。

這時候，我發現那兩峰發情的長眉駝不對勁了，它們慢慢靠近了另外兩峰長眉駝，待近到身邊，便把自己的嘴觸向對方的嘴。對方躲閃不及，被它們觸到了嘴上。這情景有點像男人強迫吻女人，不管對方願不願意，先把其嘴巴佔領了再說。它們吻了一下對方，便把白沫子噴到了對方的臉上。奇怪的是這兩峰被強吻的長眉駝不但不躲閃，反而似乎十分喜歡它們噴過來的白沫子，伸出舌頭舔著，一副很享受的樣子。

「王大哥，仔細看呀，好戲要開始了。」葉賽爾扔掉煙屁股，站起身瞪大了眼睛，我也瞪大了眼睛，看到底有什麼樣的好戲要開始。說實話，接下來的戲確實挺好看的，被吻了的兩峰長眉駝舔著被對方噴到自己臉上的白沫子，慢慢興奮起來了。它們的身體看上去有些發抖，急躁地把蹄子踢來踢去，並發出「嗚嗚嗚」的叫聲。呵，這戲確實好看，被發情了的長眉駝吻了一下，被吻的長眉駝好像也要發情了。很快，它們真的發情了。像剛才的那兩峰長眉駝一樣，它們口吐白沫子，不安地走來走去。它們在這一刻也很興奮，身體裏一定也有情慾獸在奔突。我覺得這事很有意思，同時也有一點像人，人往往就是在接受了有關性的資訊後有了性衝動的，至於被異性吻或撫摸，那性衝動就更強烈了。

這兩峰被激發出情欲的長眉駝終於受不了了，開始張嘴往外吐白沫子。

其實它們吐出的白沫子大多都沾在了臉上，它們的臉因而便變得像蛋糕一樣。呵，發情的長眉駝的臉變成了蛋糕，但它們毫無察覺，只有我們這些旁觀者可以看見。它們頂著這個蛋糕不安地走動，空氣中瀰漫著一股騷動的味道。

我一扭頭看見了剛才的那兩峰長眉駝，它們用這種特殊的方式把另外兩峰長眉駝搞興奮了，而此時的它們，臉上的白沫子正在往下掉，剛才在它們身上還有的躁動和不安，這會兒都似乎像潮水一樣退卻了。是的，它們已經從高潮處退落了下來，它們身體裏的情慾獸也終於安靜了。或者說，它們把折磨自己的情慾獸傳送到了另外兩峰長眉駝的身體裏，它們安靜了。

我知道了，長眉駝情慾的高潮，就是讓別的長眉駝發情。

23 生命的加冕

看到四峰長眉駝發情的第二天，我又看見了發情的犛牛。從牧場往東行之三四公里，就進入到了一個很大的草場。儘管牧民將其稱之為草場，但裏面卻有水，形成密密匝匝的溪水悄悄流淌，也有一些圓圓的石頭分佈溪水中，太陽一照便閃閃發光。牧民吐爾洪說這裏其實是犛牛生存的好地方，每年夏天都有成群的犛牛到這裏來，吃那些一簇一簇瘋長的野草，吃飽後便踩水嬉鬧，很是熱鬧。

我等待著犛牛群出現，我在藏北阿里和帕米爾見過犛牛，我十分喜歡它們在高原上行走的姿勢，那種穩健和強大，猶如是在檢閱高原。曾經有一隻犛牛擋住我們的車，任憑司機怎麼按喇叭就是不讓路，它很平靜，既不憤怒，也不蠻橫，似乎在它的觀念裏從來沒有給別人讓道這一說法。等了幾分鐘，我發現它始終在抬頭凝望雪山，便似乎明白了什麼，讓司機繞道而行。走遠之後回頭一看，發現它扭過頭在望著我們。我對那只犛牛記憶深刻，它與雪峰一起給我留下了讓我在心頭久久懷念的感覺……

我爬上一座小山，還沒有喘過氣，就為眼前的情景大吃一驚，對面的山坡上正黑壓壓的走過來一群犛牛。它們似乎是一個排列得很有秩序的方隊，潮水一般衝向坡頂，又漫漶而下進入坡底。進入草場後，忽然，它們像是聽到了一個無聲的命令似的站在原地不動了。太陽已經升起，草地上正泛起一層亮光，它們盯著那層亮光不再前進一步。靜止的犛牛群，和被太陽照亮的草在這一時刻又構成了一幅很美的畫。我已有些沉醉。

過了一會兒，太陽已慢慢升高，犛牛群散開，三五個一堆，各自吃起了草。慢慢地，它們便一個一個獨自去尋草。從遠處看，依稀分開的犛牛猶如無數個靜止的小黑點，而成群的犛牛又好像一片低矮的灌木叢。

我走下山坡靜靜觀察它們，而它們卻毫不在意我的到來，只是低著頭把嘴伸向那些嫩綠的野草，嘴巴一抿一抿地吃著。有幾頭犛牛的角很長，以至於嘴還未伸到草跟前，角卻先觸了地。因此，它們就不得不把頭彎下，歪著腦袋把草吞進嘴裏。看著它們，我感到了大地上生靈無可避免的沉重，嘆服於它們的笨重和沉默，但它們卻別無選擇，這似乎就是它們的命運。

我在它們中間走動。我想起吐爾洪的話，他說這塊草地其實就是犛牛的天地，它們每天早上到這裏來吃草，一直到下午回去，這裏的草被它們啃了一遍又一遍，但似乎總是啃不完。我注意到了這些野草，它們是不懈的雨水滋潤大地之後，大地對天空回報的嶄新容顏。雨水沖刷著萬物，一切都在生長，這就是大地的力量。這生動的大地，本身就是一個真理，它讓任何用心的勞作都不會落空，都留下自己的足跡。

這時，一頭犛牛走到了我跟前，它的巨大犄角上挑著一隻不知斃命於何時的狼的屍骨，由於時間太久，狼的屍骨被完全風乾，固定在了它的頭頂。這只犛牛已完全適應了狼屍的重負，所以在行走和吃草時顯得很自如。我跟著它走動，那副狼的屍架上下起伏，彷彿是一尊加冕於犛牛頭上的王冠。後來，犛牛發覺我在觀察它，便警覺地逃入犛牛群中去。當它把頭低下，我便再也找不到哪一頭是剛才享戴聖冠的犛牛。返回烏魯木齊後，我從一位野生動物學家處得知，犛牛將一隻狼用角刺死後，狼屍被掛在它的角上，肉一日日脫落，只剩下了一副骨架。犛牛在那一瞬間竭盡全力用角刺向那只狼，雙角刺入了狼的骨頭中，從此狼的屍骨不再掉下。狼是高原上食肉類動物中的強者，但在那一瞬的滅頂之災中，它絕望的瞳孔裏會不會有一種古怪的馴順呢？

第二天，我在那塊草地上看到犛牛真正激揚的一面。那些高大健壯的犛牛正在吃著草，卻忽然聚攏在了一起，冷冷地互相盯著對方，像是懷疑對方與自己並非一類似的；過了一會兒，不知是哪頭犛牛嘶鳴了一聲，整個犛牛群馬上變得混亂了。混亂之中，可以看出有的犛牛在努力向外衝突，而處在週邊的犛牛卻像不明事態似的往裏面衝。草被它們踏倒，水也被蹄子濺起，帶著泥巴沾在了它們的身上。我不知道這些犛牛要幹什麼，但從它們的架勢上隱隱約約感到有一股殺氣。

我在內心祈求它們不要互相殘殺，儘量地平靜下來，像親兄弟一樣在天山上相處。人類對犛牛的殘害已經越來越倡狂，有一段時間，犛牛尾巴做成的撣子很暢銷，有人便在犛牛身上大發橫財，他們拿一把刀子悄悄走到犛牛身後，一手將它們的尾巴提起，一刀下去就將尾巴砍了下來。被砍掉尾巴的犛牛痛得狂奔而去，有時一頭撞在石頭上便死了。

想到這些，我擔心今天的這群犛牛會相互傷害，但很快，我擔心的事情還是發生了，犛牛開始互相撞碰起來。它們先是用身體去撞對方，不一會兒便都興起，用角去刺對方。那些烏黑的犄角像一把把利劍似的在對方身上劃出口子，血很快就從裏面流了出來。這時候，我注意到犛牛都開始叫了，它們像是變得很興奮似的，「嗚嗚嗚」地叫著向對方兇猛攻擊。當然，在進攻中他們也不時地被對方的角刺中。

漸漸地，有一部分犛牛因體力不支或受傷過重，退到了一邊。血從傷口中大滴大滴地流著，使它們不停地戰慄，但它們都不離開，仍像是很興奮似的看著那些正在戰鬥的犛牛。那些正在戰鬥的犛牛顯然是這一大群犛牛中的佼佼者，它們不光身體敏捷，而且特別善戰，也特別能忍耐。它們身上已經有很多傷口，血甚至已經染紅了身子，但它們卻絲毫沒有要退下的意思。但戰爭畢竟是殘酷的，它必須要求參戰者全神貫注的投入，而結局無外乎只有兩種，要麼失敗，要麼戰死。至於勝利者，則是這兩者中的倖存者。

很快，又有一批犛牛退了下來。又過了一會兒，第三批失敗者也退了下來，留在格鬥場上的幾乎都是勝利者。而正因為它們都是勝利者，所以緊接著的戰鬥就更激烈也更殘酷了。可能是因為距最後的勝利已經不遠，所以，它們再次興奮起來。一陣猛烈的攻擊過後，又有幾頭犛牛退下了。

有一頭很健壯的犛牛似是不甘心，要堅守住自己陣地，立刻，有兩頭已明顯取勝的犛牛便一起向它發起了攻擊。當四隻尖利的長角刺進它肚子時，在「噗噗」的響聲中，它如一座轟然傾倒的大山，趴在了地上。

戰鬥終於結束了，剩下的幾頭犛牛就是勝利者。它們高揚著頭，長嗥幾聲，向佇立在遠處的幾頭犛牛走去。這時候，我才發覺遠處的那幾頭犛牛一直佇立在那兒，它們像我一樣在觀察著剛才的一場戰鬥。我不知道它們為什麼不加入戰鬥，從它們的體形上看，有可能是母犛牛，就在我這麼想著的時候，它們中的一頭犛牛叫了一聲，我從它的叫聲中聽出它們的確是一群母犛牛。犛牛生活的地方隨季節變化而變，冬季聚集到平原，夏秋到高原的雪線附近交配繁殖。

那幾個勝利者徑直走到母犛牛跟前，用嘴去吻它們。母犛牛像是已經等待了許久似的，一對一的與它們依偎在一起，勝利者不時地發出喜悅的嗥叫，母犛牛用嘴舔著它們傷口的血，舔完之後，它們便頭挨著頭纏綿在了一起。過了一會兒，母犛牛便顯得興奮了，它們靜靜地站著，讓公犛牛從後面爬到自己身上，完成一頭公犛牛的生命噴射和飛翔。

至此，我才知道了這群犛牛為什麼奮戰的原因，幾頭母犛牛在遠處發出了信號，它們便為之奮爭。這對於它們來說，是一份光榮，也是一次十分難得的交配機會。所以，它們都奮不顧身，幾乎盡了自己最大的努力。這經過血的代價換來的幸福，已使它們忘記了身體的疼痛。這與光榮和鮮血同在的幸福，是屬於犛牛自己獨享的美妙時刻。

那些從戰場上退下來的失敗者，此時都沮喪地把頭扭到了一邊。

24 大風

大風突然刮了起來。我和葉賽爾把長眉駝趕到在沙梁上，以防在大風中被狂沙埋沒。沙漠中的風大，一刮起便將沙子掀到半空，讓它們密密麻麻地飛舞。不一會兒，風更大了，沙子密集地落下又飛起，像是在尋找著一切可以被它們蹂躪的東西。這時，前面突然傳來一兩聲歌聲，激奮，熱情，像是與風沙在較勁。是誰呀，居然在這樣大的風沙中唱歌，而且還有些自得其樂！

「快停住啊，不然要被風沙淹沒的」。一個年輕的小夥子緊張地叫起來。我想阻止他，可是已經來不及了，一大片風沙刮過來，他的聲音像是被什麼突然罩住，而且因為顫抖，一下子就被淹沒了。

歌聲依然隱隱約約，風沙依然兇猛無比。過了一會兒，便明顯地感到歌聲高過了風沙的聲音，而且似乎在和風沙較勁。呵，在風沙刮起的時候，幾個人放開了歌喉在歌唱，這應該是牧民獨有的一種方式。

終於風停了，沙漠也像發夠脾氣的少女一樣安靜了。我趕緊尋找剛才唱歌的幾個人。是三個人，趕著幾峰駱駝，已經越過了我們。他們沒有被風卷走，而且在風中準確無誤地前行了一段路。他們是怎樣從風中穿行的？是從草叢中，岩溝中，還是從河岸上的灌木叢中？我無法知道。大風過後的天空更高，依舊覓食的鳥兒，起起落落地在天地間扯出又一道風景。

他們慢慢地走遠了。在沙漠中，我親眼看見了人在風沙中唱歌前行的故事，在這一刻，風沙似乎變得悄無聲息，只有人的歌聲響徹於天地之間。我坐在一片草上，點燃了一支煙慢慢抽，內心仍不能平靜。同行的人都像我一樣驚訝，如果不是今天親身經歷，誰都不會相信在風沙刮起後，有人唱著歌從中穿越了過去。在大風沙刮起來時，很多人都在尋找地方躲藏，只有這些在高原上出生並長大的人，在用唱歌的形式穿越。也許，對於他們而言，這並不是對抗大自然的一種方法，而是他們的一種生存方式。

當晚，坐在「霍斯」昏暗的油燈下，我寫下了這樣兩句詩：「漢子們在風中丟失的心／被沙漠藏在甜蜜的音樂裏。」我覺得，對於白天的神遇事件，只有用詩記錄才顯得合適。

25 六峰長眉駝的故事

夜裏，我和葉賽爾躺在他老朋友的「霍斯」裏，說起了他家長眉駝的名字。我沒想到，這些長眉駝的名字背後卻有一連串故事。葉賽爾先給我講的是木凱西的故事。「木凱西」意為「摩托車」。木凱西有個特點，不論什麼時候都速度極快。比如從駝圈中出來，它總是衝在最前面，幾步就跑到了院門外。到了沙漠草場中，別的長眉駝低頭慢慢找草吃，它卻不安分地跑來跑去，好像從來都不餓似的。到了下午，別的長眉駝都開始返回了，而它卻還在那裏吃草，一點都不著急。葉賽爾知道它的習性，於是便不理它，趕著別的長眉駝往回走。它吃完了草，把頭伸向小河「咕咚咕咚」喝完水，然後撒開四蹄向葉賽爾追來。最後，它總是和長眉駝們一起回家。

關於它名字的來歷，說來也很有意思。有一次，一名牧民騎了一輛摩托車在沙漠中玩，它看見後湊了過去，慢慢地便發現摩托車跑起來速度很快，「嗚」的一聲在沙漠中扯起一道煙塵便不見了蹤影。它知道自己的速度快，所以便不服氣摩托車，撒開四蹄奔跑著追了上去。騎摩托車的牧民看它在追摩托車，覺得很好玩，便有意放慢速度待它與自己並齊了，和它一起比賽。於是，在沙漠中出現了長眉駝和摩托車比賽的一幕。摩托車「嗚嗚」呼鳴，長眉駝雖一聲不響，但龐大的身軀卻在快速向前，始終不肯落下一步。幾番下來，牧民們都看見它和摩托車跑得一樣快，便叫它木凱西。

從此，它便得名木凱西，人們都知道它跑得和摩托車一樣快。

蘇提皇吾爾，意為「產奶多的長眉駝」。蘇提皇吾爾是一隻母駝，生有八峰小駝，這八峰小駝長大後又生了小駝。所以說，蘇提皇吾爾是奶奶級的長眉駝。不知道長眉駝中是否講究輩分，如果講究，蘇提皇吾爾一定會很有地位。

我曾仔細觀察過蘇提皇吾爾和它的子孫，發現它似乎和子孫們從不親近，有時候在路上碰在一起了，連看都不看一眼。不是說血緣關係可以讓生命有親近的感應嗎？這種現象在長眉駝身上，不，至少在蘇提皇吾爾身上似乎並不會出現。

關於它的名字的由來，說來也很有意思。有一次它生下兩峰小駝之後，卻沒有一點奶。母駝別說在產後應該出奶，就是在平時也應該有大量的奶，每天被主人提一個水桶擠出，供人們飲用。但當時，它確實沒奶，兩個小生命餓得「哇哇哇」亂叫，人們一時都不知如何是好。過了幾天，葉賽爾的父親阿吉玖・木合塔森來了，他想起以前曾有羊不產奶，牧民對著羊唱歌，羊便有奶了的辦法。於是，他對著母駝唱了一首哈薩克族民歌。奇蹟果然在歌聲中出現了——它聽著歌聲，身體裏慢慢有一股熱流湧動了起來。它變得躁動不安，在院子跑來跑去，似乎有神在那一刻正在附身，或者說它正在迎領一份神諭。終於，它有奶了，乳汁從乳頭噴出，劃出一條條漂亮的弧線。

從此，它的奶比任何長眉駝都多，人們都說是歌聲引出了它的奶，它的奶水長耳朵了呢！它由此得名「蘇提皇吾爾」，人們都知道它是產奶最多的長眉駝。

哈吉提，本來是人名，但在葉賽爾家中卻另有一層含意，為「有用處的長眉駝」之意。哈吉提與葉賽爾家的小兒子因為在同一天降生，所以同名，二者現在都有三歲半了。正因為一個小孩和一隻小長眉駝同名，所以在葉賽爾家經常會出現這樣一種情況，你如果只叫哈吉提，誰也搞不清楚你是在叫人還是在叫長眉駝，你只有叫哈吉提小孩，或哈吉提小長眉駝，大家才可以分清你是在叫誰。哈吉提小孩和哈吉提小駝出生時，有一段頗為傳奇的故事。葉賽爾的妻子在那一年的春天快要臨產了，一家人請了接生醫生，準備在冬窩子裏迎接小生命降生。但到了預產期，卻生不下來。一家人急得團團轉，卻沒有辦法。

這時候有人告訴葉賽爾，他家的一峰長眉駝也要生了，讓他過去看看。老婆連孩子都生不下來，還管什麼長眉駝。葉賽爾沒把長眉駝生小駝當回事，但他沒想到卻是長眉駝生小駝給他幫了忙。過了一會兒，那峰長眉駝在無人照顧的情況下，獨自生下了兩峰小駝，其中的一峰一落地便大叫起來，聲音傳到了葉賽爾老婆的耳朵裏，她像是突然間獲得了神奇的力量似的，生下了小孩。

葉賽爾無比高興，喃喃著說：「那峰長眉駝是有用處的長眉駝，那峰長眉駝是有用處的長眉駝」。後來，葉賽爾給兒子取了一個「哈吉提」的名字，他覺得那只小駝在剛一出生就大叫幾聲幫助自己的老婆生下了孩子，它的用處比人還大，所以便也給它起了哈吉提一名。

從此，一峰小駝和一個小男孩便共用一名——哈吉提。

吾庫楞汗，意為「像新娘帽子上的羽毛一樣的長眉駝」。關於吾庫楞汗，人們起初曾為它的性別產生過誤會。它從生下到三歲時，人們都把它當做公駝對待。不知誰在最早驗證它的性別時，是搞錯了還是故意開了一個玩笑，把本來是母駝的它說成是公駝，所以它便一直扮演著公駝的角色。外出吃草時，葉賽爾總是希望它多吃一些，因為它是公駝；馱東西時，它自然也就得多馱一些，原因仍因為它是公駝。它呢，從來沒有顯示出一點孱弱和不堪重負的樣子，像所有的公駝一樣任勞任怨。讓人們進一步誤解它性別的還有一個原因，它性格活潑，外出吃草時喜歡蹦蹦跳跳，動作極具陽剛氣。

人們幾乎已經認為它是一隻公駝了，但就在這時一個問題出現了，它從來都不親近母駝，而且似乎從來都沒有發情過。難道它……葉賽爾心存疑惑，檢查了一下它的性別。這一檢查嚇他一跳，好傢伙，原來它是一隻母駝。既然是母駝，那就不能再像公駝一樣對待了，馱東西時讓它少馱一點，外出放牧時也不能再讓它蹦蹦跳跳。葉賽爾甚至想，得想辦法讓它懷孕，在這一兩年內生下兩峰小長眉駝；也許它當了母親後會變得溫順一些。但任憑他怎樣調教，它都不改以往的習性，仍是那樣瘋瘋癲癲。

阿吉坎‧木合塔森歎著氣說：「改不過來了，你們打小就把它當做公駝對待，它已經養成了習性，怎麼能改得過來呢！」它原來名字的意思是「像風一樣快的長眉駝」，葉賽爾為了掩飾它因性別誤會而產生的尷尬，便給它重新取名為吾庫楞汗，意為「像新娘帽子上的羽毛一樣的長眉駝」。

作為母駝，這個名字叫起來就體面多了。

桑達利，意為「『二杆子』一樣魯莽的長眉駝」。桑達利的魯莽不光在葉賽爾的駝群中出名，而且在托拜闊拉沙漠草場一帶也人人皆知。自然，它得一個「『二杆子』一樣魯莽的長眉駝」的名字也就名符其實了。它自小就魯莽，別的長眉駝在草場上吃草，它跟石頭過意不去，一下又一下的用蹄子去踢石頭。等它把一塊石頭踢出了草場，草場上的草卻早已被別的長眉駝吃光了。有一次，它吃草到了一條深溝旁，準備下到溝中去。葉賽爾在一旁看見了，趕緊把它拉了回來。長眉駝一般都是不下溝的，因為它們身軀龐大，下到溝中會掉轉不開身子。別的長眉駝走到這樣的溝邊都會馬上掉頭離開，而它卻不，很魯莽地要下去試一試。

它因為魯莽吃了不少虧。踢石頭把自己的蹄子踢壞了；用頭去撞比自己高大的長眉駝，結果把自己撞倒在地；葉賽爾抽了它一鞭子，它硬是要用嘴去咬鞭子，結果又挨了一鞭子。它從此便對葉賽爾有意見了，凡是葉賽爾外出放牧，它要麼離他很遠，要麼把駝群搞出一陣騷動，讓葉賽爾頭疼或忙活半天。葉賽爾發現是它幹的壞事，便氣得又想用鞭子抽它，但它早已跑遠了。葉賽爾說：「你跑，你跑到深溝邊沒人攔你，一頭栽下去，看你還能不能活。」

當然，它的魯莽有時候也會表現成一種積極的東西。有一年秋天，一場大雪提前降下，長眉駝們沒有吃的，餓得「嗷嗷」亂叫。它看見荒漠上的一棵樹上有樹葉，便號叫一聲，跑過去一下子把樹撞倒了。長眉駝們吃著樹上的葉片，挨過了那個大雪天。

沙勒莫音，意為「長脖子的長眉駝」。沙勒莫音的脖子之長，你若不親眼看到，恐怕永遠都不會相信。有人說，長眉駝的身體結構具備了十二生肖所有的特點。比如長眉駝的嘴巴是兔子嘴，耳朵是豬耳朵，脖子是蛇脖子等等。沙勒莫音的脖子就像蛇一樣長，吃草時往前一伸，不用低頭就把草捲入了自己嘴裏。平時，它站立不動時，長長的脖子看上去柔軟，舒暢，極富韻律感。我曾把它和別的長眉駝作過比較，發現它的脖子至少比別的長眉駝的脖子要長一尺。長眉駝們的脖子本來都很長，而它的脖子卻比別的長眉駝的脖子要長一尺，足可見它的脖子有多長了。

脖子長自然有它的好處。一次，一群長眉駝去河邊喝水。河灘上是鬆軟的沙子，它們的身軀很龐大，一踩進去便陷進去不少，它們趕緊轉身回去，無可奈何地望著河水。這時候沙勒莫音的長脖子起作用了，它選好一個位置，伸出長脖子便喝到了水。

沙勒莫音的長脖子還發揮了作用，救了一次葉賽爾的小兒子。今年二月的一天，葉賽爾的小兒子哈吉提趁家裏人不在，爬到了一棵樹上。等大人們發現時，承負他的那根樹枝已經有了裂口，隨時都有可能裂斷讓他掉下來。這種情況下，人無論如何是不能爬上去救他的，承負他的那根樹枝如果再受到壓力，會裂斷得更快。這時候，葉賽爾想到了沙勒莫音的長脖子。他從駝圈中把它牽來，它似乎也明白哈吉提的生命正處於千鈞一髮的危險之際，於是它伸長脖子，把頭一揚伸到了哈吉提的身旁。哈吉提抱著它的脖子，它一低頭便穩穩當當地把他放在了地上。

此後，沙勒莫音的長脖子便經常發揮出作用。

26 吆喝

早晨，葉賽爾向長眉駝吆喝一聲，長眉駝們便知道該出去吃草了。它們或慢悠悠地從圈中出來，或從臥了一夜的地上爬起，邁動四蹄向沙漠中走去。太陽還沒有升起來，空氣顯得很清爽，讓人和長眉駝的額際有了一絲清涼。長眉駝走在前面，我和葉賽爾跟在長眉駝後面；長眉駝不時傳出幾聲鼻息，而我們卻始終不出聲。一層薄霧慢慢升起，這時有人和駱駝走在遠處的沙丘間，綫看見因為薄霧的緣故，在沙丘間走動的人和駱駝像海面起起伏伏的船隻。

沙漠是千萬年都不會改變的沉寂之海，而人和牧畜更加沉寂，似乎要把自己嵌進這沉寂之海的巨大身軀中去。這無聲的嵌入已根深蒂固，不容改變。長眉駝們如果走在半路為了一口鮮嫩的草停下來，牧民們嚴厲的吆喝馬上就會像鞭子一樣抽打過去，它們馬上便又老老實實往前走。

進到沙漠深處，葉賽爾又一聲吆喝，長眉駝們便開始吃草。沙漠的夜間氣溫會降低，所以草葉上有露珠，甚至還有大片濕漉漉的水漬。長眉駝們最喜歡吃這樣的草，牧民們之所以趕早出門的原因也正在於此。長眉駝們把這樣的草嚼在嘴裏便有一股清爽鮮嫩的味道。但吃這樣的草幾近於奢侈，少頃之後太陽升起，草葉便馬上乾了，長眉駝們只能接著吃這些沒有水分的草。在長眉駝的一生中，所吃甚多的就是這樣的草，或者說支撐它們龐大的身軀能夠活下來的，也就是這些被太陽蒸去了水分的草。這樣的草看上去不生動，吃起來不鮮嫩，但它們卻必須將其視為活命的依靠。至於帶露水的草，那只能說是生命中短暫的盛宴，每天只能享受那麼一兩株。而長久為之安身立命的，則是這些乾巴巴的草。在這一點上，長眉駝與人極其相似。人，不也是長久屈受著世界微薄的給予嗎？

長眉駝們低著頭吃上一陣子草，葉賽爾便吆喝長眉駝去小河邊喝水。它們慢悠悠地走到小河邊，把頭伸向小河飲水。從某種程度上而言，水其實是駱駝家族中每一員的一種食物。因為它們和別的動物不一樣，它們喝足水之後，可以很好地保持體力。它們每次飲水時都會喝很長時間，以至於讓人覺得它們站在河邊再也不想動了。如果駱駝光喝水就可以活下去的話，那麼它們就再也不用走那麼遠的路，只需選擇一條路就可以了。但這似乎只是一個空想，牧民們不會讓它們多喝水，他們會適時朝它們吆喝一聲，讓它們仍在沙漠中去尋找那少而又少的草吃。

下午，長眉駝因為已經吃了一天的草，所以在急切地盼望回家。葉賽爾卻耐心把握著時間，能讓它們多吃一會兒就多吃一會兒，不輕易讓它們錯過任何一根草。長眉駝因此都低著頭默默尋找著草，這時候吃不吃草對它們來說實際上已無關緊要，但它們卻必須以忠誠於主人的方式，將一天中最後的時光打發出去。最後，暮色已漸漸濃了，葉賽爾這才吆喝一聲，它們才踏上了回家的路途。

以上所述，也就是人與長眉駝在一天之中最常見的關係而已。記得有一次，阿吉坎・木合塔森曾說過，人和長眉駝一輩子的關係，就是一個吆喝嘛！說著，他揚起脖子「嗚嘿」吆喝了一聲，外面的長眉駝馬上有了反應，一起扭頭向冬窩子裏張望。看來，這一聲「嗚嘿」吆喝，確實構成了牧民與長眉駝之間很親切的關係——靠這一聲吆喝，牧民向長眉駝傳遞著一些話語，長眉駝知道了該幹什麼，不該幹什麼。當然，這裏面還潛存著很多生存法則。多少年來，這些法則被一聲聲吆喝維持了下來，像山和石頭一樣，雖然平實，但無比堅固。

我和葉賽爾邊走邊說話，我問他：「可不可以這樣說，牧駝也就是吆喝駝？」

他想了想說：「不一定，有時候的吆喝不定管用。」他見我不解，便給我講了一位牧民有關吆喝的事情。有一次，一位牧民的長眉駝失蹤了，他一個人走進沙漠吆喝失蹤的長眉駝。他的吆喝聲少了平日的那種命令、指引和率領之意，明顯地有了一些惶恐、擔憂和期望。白天，他沒有尋找到長眉駝的一絲蹤跡，晚上便又接著找，接著一聲又一聲地吆喝。整整一夜，沙漠中響徹著他的吆喝聲。後來，雖然越來越弱，但讓人覺得仍然像一條病弱的蛇一樣在向前移動。到了天亮，他還是沒有找到長眉駝，大家勸他回家，他卻要去尋找。結果，他找了三天都沒有長眉駝的一絲蹤跡，他失魂落魄地回到帳篷裏倒頭就睡。一覺醒來疑是長眉駝回來了，衝出帳篷大聲吆喝起來，但眼前除了嗚嗚嗚亂叫的風和瀰漫的沙塵外，還是沒有長眉駝。他從此精神有些失常，時不時地出現長眉駝回來的幻覺，突然衝出帳篷吆喝。長眉駝失蹤已經一個多月了，大家覺得不可能找回來了，而他卻變成了這個樣子，必須要把他弄回家去，否則他會瘋掉。那位牧民的吆喝已有悖常規，甚至讓吆喝——這維繫人與長眉駝之間的古老方式變得像一根細線，在狂吼的風沙中起伏飄搖，幾近於要被扯斷。幾天後，大家租了一輛車把他拉回了家。

這件事讓人心情沉重，不想再說什麼。我想，對於像葉賽爾的父親阿吉坎•木合塔森這樣上了年齡的牧民來說，他們在放牧的大半生中吆喝了很長時間，老了已經不需要吆喝了，但吆喝對他們來說已變成了一種習慣，所以，儘管沒有目的，但時不時地還會吆喝幾聲。吆喝畢後，他們便坐在石頭上曬太陽，或者悄無聲響的抽莫合煙。他們自己清楚，每天吆喝幾聲實際上是為了發洩人到了這個年齡的孤獨和寂寞。讓他們感到傷感的是，長眉駝也認人呢，它們的主人吆喝它們一聲，它們便老老實實地向東或向西，而他們這些老人吆喝幾聲，它們卻理都不理，如同他們發出的聲音並非是這個世界的聲音一樣。他們發出的聲音的確是這個世界的聲音，但只因為他們已經老了，所以也就沒有用了。

正走著，葉賽爾突然又吆喝了一聲。聽了他給我講的種種關於牧民吆喝的故事，現在又聽著他的吆喝聲，我覺得人的吆喝像風一樣，其實都是這個世界的聲音，只不過發出的形式不同而已。風，被我們看不見的神掌握著，在這個世界的角角落落佈道。而吆喝聲被人掌握，所以人便要按照自己的意願將其發出，時間長了，吆喝聲便變成了人實現意願和向世界貼近的方式。只是，這個世界在很多時候都是冷冰冰的，所以人的吆喝聲便像被彈回似的，變得沉悶而嘶啞。但不吆喝能行嗎？吆喝實際上在很多時候是人的掙扎。在這個世界上，好聽的，永遠是歌聲；不好聽的，永遠是哭聲。

不遠處，又有人在吆喝。

27 細微處存在著永遠

在一些石頭上，我看到了一種真正的忘卻和永遠。石頭在這片沙漠中不多，但凡出現者，都頗為引人注目。它們長時間在寂靜深處被孕育著，有了大野的氣質，有了雄渾的外表。它們一經出現，就是這塊土地明亮的飾物。

沙漠中的石頭很多，大的，可以成為一塊石鍾山；小的，因形狀各異將沙漠裝置得如同一個博物館。其實，石頭們在一起就組成了像人群一樣的集體。不同的身軀，不同的面容，不同的個性，昭然若揭。仔細看，便可以看出這個集體中的一些事情。強大與弱小，光明與暗淡，團結與分離等等，向你訴說著它們各自的話語。

那塊很大的，成為一座山的石頭，在沙漠裏的一個叫「大石頭」的地方。站在它面前，心中疑惑，是一塊石頭長成了一座山嗎？如果是，這個石頭可真謂是大英雄，而且是成功的大英雄。

當地的牧民說，這塊石頭有幾千年的生命，他們的爺爺的爺爺都知道它呢！人們每天趕著羊群放牧，走過這裏時，都要抬頭望它一眼。不同的人，望它時可能有不同的感慨。有的人覺得它就是一塊石頭，再大，也不能把它稱之為山。因為山在牧民人眼裏是不光只有石頭的，它應該在山頂上有積雪，半山腰有樹或者岩石，還應該有一條由雪水匯成的小溪在夏天從山上流下。

我在它跟前坐了一會兒。我覺得說它是一座山或一塊大石頭都不重要，它的身前身後都是大沙漠，相對於沙漠的沉寂而言，它畢竟是一種生命的展示。時間是無聲的，只有它，正在沉迷冷峻地述說著生命的美麗和頑強。

一片樹葉從它的頂部飄下，在風中翻轉著，慢慢落到了我面前。恍恍惚惚，我覺得一片光亮突然照了我一下。我的腦中出現了一些曾在這片土地上出現過的人物的名字。他們像是在某個地方等待了許多，在這一瞬，搭乘一片樹葉發出的光亮找到了我。他們都是一些被人們熟知的人，或偉大，或頑強，或學識五鬥，或率兵征戰千里，血灑疆場，或獨行於沙漠，以個人意志與大沙漠做抗爭，終取得成績，名揚歷史。人們說起這塊土地，便不少了要說起他們。他們是這塊土地的一部分。但是，他們如飄零的樹葉一般都一一在時間裏消失了。曾經的輝煌，除了交給發黃的史書，再無蹤跡。

看看在他們那個時代就已經有了的這塊石頭（他們中也許有人來過這塊石頭前），不動聲色，穿越了時間的迷宮，直到今天依然巋然不動。這塊石頭遺忘了時間，遺忘了功名利祿，遺忘了給自己確定一個位置。但正因為這種遺忘，它才一直存在於今天。在它面前，人幾乎輕得如同一葉飄零，被風一刮，就消失得無影無蹤。

這塊石頭，是一種真正的永遠。是被我看見的時間的精神。

28 貼近

早上，嘴上叼著煙的葉賽爾剛走出「霍斯」，「霍斯」後面便傳出一聲低低的呼聲，他一愣，便向發出聲音的地方走去。我和他開著玩笑說：「不是姑娘叫你哩，你忙什麼？」

他一臉嚴肅地說：「不要胡說，是長眉駝。」他只要說到長眉駝，語氣中便自然有幾分特殊的親切感。

我揣摸著，他的長眉駝熟悉他的氣息，或者說，對他有特殊的感應，在他用舊報紙捲好莫合煙，用「天山牌」火柴「嗞」的一聲點上後，它便知道他要出門了，便在喉嚨間發出了一聲低低的呼聲。他走到它跟前，用手撫摸它的腿。長眉駝太高大了，也許人只能撫摸它的腿，而它們大概已經習慣了被人撫摸這個地方，或者說，它們在長時間內已經養成了在這個地方被撫摸的慰悅感。所以，當吐爾遜撫摸著它的腿時，它的眼睛微微的閉了閉，有了一絲幸福的感覺。他給它準備了一大堆仍掛著露水的青草，這是它豐盛的早餐，它吃完後便出去給我們馱水。那個水桶不大，葉賽爾用手便可輕輕提起。這峰長眉駝隔兩天出去給我倆馱一次水，一桶水是我們倆在兩天內吃喝的保障。

待長眉駝吃飽了，葉賽爾讓它臥下，將水桶綁在了它雙峰間，撫摸一下它的腿，它便「呼兒」一聲站起出了院子。我問他：「你不去嗎？」

他嘿嘿一笑說：「長眉駝認得路呢，它自己走過去，到了那邊有吐爾洪，他是好多個牧駝人的朋友呢，他負費卸水桶、裝水，然後再讓長眉駝馱回來。」

我和他趕著長眉駝走出兩三公里後，沙漠裏起風了，沙子被刮起，瀰漫成了一道很高的沙塵暴，樹木、山巒、河流等都被裹了進去，頃刻間便不見了蹤影。這時候，沒有人在沙漠中行走，人們都躲到了可以避開沙塵暴的地方，等待風停之後再上路。但這時候在沙塵暴中卻傳出了幾聲低低的聲音，緊接著，就看見有高大的身軀在風沙中急躁地打轉，似乎沙塵暴是一隻惡作劇的大手，此時正肆意捉弄著它們。我看清楚了，是葉賽爾的長眉駝。它們懼怕沙塵暴，無法像平時那樣在風沙刮起時行走。

看樣子沙塵暴不會停了，我和葉賽爾便只好將它們趕回家。這時候，我看見長眉駝的表情在沙塵暴中是模糊的，被沙塵暴壓得抬不起頭，渾身也在顫抖，似乎變成了另一種很陌生的牲畜。這些天以來，它給我留下的印象都是明朗的，它性格中的堅韌和頑強的品質，都讓我只看到了它積極的一面，換言之，也就是外在的一面，至於它的內心在特殊地域中的表現，比如它在沙漠中的痛苦，在痛苦中的複雜反應，則長期被外在形象所蒙蔽。所以，長眉駝只留下了單一的「前進者」「戰風沙鬥嚴寒」的印象。對於長眉駝這樣一個龐然大物來說，這樣一些雄性、剛烈的東西，原本是它自身所具備的，就像一棵樹會長出枝葉一樣，是規律使然。我看到了這些，只能說僅僅看到了長眉駝外在的一面。只有在這樣的一個沙塵暴襲來的天氣裏，我才看到了它們屈服和無奈的一面。我想，它們的屈服和無奈並不是軟弱，而是生命真實的顯露。

把長眉駝趕回家後，葉賽爾說：「老天爺給我們和長眉駝放假哩，今天我們睡大覺，不管長眉駝，它們要是餓了會反芻。」外面風沙呼嘯，我們在「霍斯」裏很快便酣然入夢了。一覺醒來，已經到了下午，沙塵暴已停止。葉賽爾開始準備晚飯，我給他打下手一邊摘菜，一邊聽他講長眉駝的故事。說到長眉駝從不睡覺時，他的眼睛一下子睜圓了，說：「長眉駝從不睡覺這個事情嘛，我給誰都沒講過，給你說了，你可不要出去亂說。」

我被他激起了興趣，趕緊表態：「我出去不亂說，你快說它們為什麼一輩子不睡覺。」

他瞇起眼睛自豪地說：「長眉駝從不睡覺，而且一輩子都不睡覺，從媽媽的肚子裏出來睜開了眼睛，從來不閉上嘛，一直到死。我看了好多長眉駝，好好兒地用勁看了十幾年，發現了這個事情嘛！其實原因很簡單，它們的黑夜比白天重要，白天它們只顧吃草，晚上要一點一點把草貯藏在肚子裏，等到餓了再反芻。」他怕我不相信，用一種既含有輕蔑又帶著探試的目光看著我，等著我發言。這個在沙漠中生活了三十多年，至今仍從事著牧駝這一古老職業的哈薩克族漢子，應該說他的這一發現是用一種樸素的，民間的方式解釋了一種科學，有點像從生活中得來的真理。我給他捲上一根莫合煙，說，你的發現是了不得的發現，我相信是真的。

後來，我們的話題從長眉駝又延伸向別的事物，正說到高興處，葉賽爾突然不說話了，側耳向門外凝聽了片刻說，我的長眉駝回來了。果然，過了不一會兒，就見那峰去馱水的長眉駝四蹄踩著塵土「唰」的一聲進了院子。一切正如葉賽爾說的，它認得路，獨自走過去，又獨自走了回來。上午起沙塵暴時它正在路上，但葉賽爾沒有為它擔心，因為它熟知路，不會在沙塵暴中迷失。

在牧區，我聽哈薩克族老人說過牛和羊是不睡覺的，現在，我又知道駝駝也是一生不眠的。它們一輩子都不睡覺，也許它們從不疲憊；它們一輩子從不閉上眼睛，因此它們一定比需要睡覺的動物要看得多，幸福得多。瞭解長眉駝，也許並不需要走近它們，細心留意一下，便會發現它們在向我們走來，或許在長眉駝的內心，也渴望與人交流。畢竟，它們已經與人相處了很長時間，它們身上發生的事情，已與人的感情貼得很近，甚至它們的行為，在人用感情梳理時是如此的合情合理，讓人覺得長眉駝就是生存在沙漠中的人。

29 離去的駱駝

我和葉賽爾本來是去山後的林子裏觀察鳥兒的，但走到半路卻被牧民加納・別克攔住了。加納・別克的牧場離我們放牧的地方不遠，經常讓長了一對大眼睛的小女兒端過來兩碗酸奶，和我們相處得很好。他著急地說：「我的駱駝丟了，你們幫我找一下。我就兩峰駱駝，丟一峰的話就只剩下一峰了……」我們便改變計畫，和加納・別克一起向山裏找去。除了葉賽爾外，養駱駝的人現在已經越來越少，只有在這荒山野嶺間，才偶爾可以見到幾峰，所以我們很願意幫加納・別克把駱駝找回來。

爬上一個山坡，我們發現了駱駝的蹄印，加納・別克仔細看了好一會兒，斷定是他家的駱駝踩下的。他變得著急起來：「它跑到這個地方來幹什麼？」我們順著蹄印向前尋找，走了幾百米，便發現兩串蹄印一直向前延伸而去。從蹄印上看，加納・別克的駱駝似乎在前方選擇了什麼目標，順著山坡一直尋找了過去。為了節省時間，我們便不再仔細辨認蹄印，只是朝著大致方向疾行。走到一個平坦地帶。加納•別克傷心地叫了起來：「我的駱駝呀，你怎麼啦，這麼難為情。」一問才知道，加納•別克從地上雜亂的蹄印發現，駱駝走到這裏時，因為痛苦在原地徘徊過。加納•別克已經傷心地哭出了聲。駱駝出走再加上這些雜亂的蹄印，已使他斷定自己的駱駝走到這裏猶豫了一會兒後，還是走了。頓時，一絲沉重壓在了我的心頭，我知道加納•別克的一切都寄託在這峰駱駝身上，如果它出走了，他又如何承受這個事實。

我們繼續向前找去。走到一個陡坡前，只見那兩串蹄印向坡頂延伸而去。可以斷定，駱駝走到陡坡前並沒有猶豫，而是鼓足力氣爬了上去。望著蹄印，大家似乎受了鼓舞似的，手攀石頭向上爬去。到了坡頂，我們發現地上有血。我們無法斷定這些血是駱駝的身體被山石割破後流出的，還是因為攀坡掙扎過度從口中吐出的。加納•別克用手摸了摸血，大叫一聲：「血是熱的，它肯定沒有走遠。」他起身向坡下飛奔而去，我們緊跟其後。

一路上，再也不見鮮血。看不見鮮血，說明它行走的速度很快。我在心裏想像著一峰駱駝無比艱辛，但快速前行的樣子。我的心收得很緊。儘管我多麼希望它馬上出現在我們面前，但我又很害怕它是一副遍體傷痕的樣子。我們下到一個坡底，只見一地的草都被壓倒，草葉上有星星點點的血跡。可以斷定駱駝走到這裏時是滾下山坡的。不知道它是被滑倒的，還是它嫌自己的速度太慢，就做了滾下山坡的選擇。但不管怎麼樣，它落到坡底時一定被摔得疼痛無比。

我們快速向前搜尋，走了很遠，卻再也看不到它的足跡了。我們在四周反反覆覆搜尋了一遍，仍不見它的足跡。難道它走到這裏後神秘消失了？我心裏很納悶，它從山頂上下來後，既使消失也應該有消失的痕跡才對，但四周什麼也沒有，它會去哪裡呢？一峰高大的駱駝，現在就這樣在這裏變得蹤跡全無，著實讓人疑惑。我問加納・別克：「以前出現過這樣的事嗎？」他說：「出現過，駱駝一旦下定決心要離去，連一根毛都不會留下，不管你怎麼找，都不會找到它的影子。」

我和葉賽爾勸加納・別克回去，我們把這些地方都找遍了，卻不見駱駝的影子，看來今天無論如何是找不到了。說不定過幾天，它自己就回來了。

十幾天之後，我隨口說的一句話果真靈驗了，它真的回來了。加納・別克的女兒又端來兩碗酸奶，用不太流利的漢語說：「爸爸說，讓你們知道一下，駱駝回來了。」我和葉賽爾趕過去一看，它果然回來了。在外十幾天，它身上的毛顯得很雜亂，有樹葉夾在裏面，像一塊塊傷疤。想起它曾經受傷流血了，我便問加納・別克：「它的傷怎麼樣了。」他說：「已經看過了，好了。」可以看得出，它對家裏的一切仍然很熟悉，在哪裡吃草，出去進來走哪條路，它都熟爛於心。但我覺得它身上有一股神秘的東西——它為什麼出去，在山坡下為什麼突然蹤跡全無，十幾天後又為什麼會回來，等等，這都是一些讓人費解的謎。我問加納・別克：「它為什麼回來，你知道嗎？」

他笑著說：「我不知道，反正它已經回來了。」

幾天後回到葉賽爾的家，我和阿吉坎・木合塔森老人散步，對他說起了這峰駱駝的事情，我希望能從他這裏得到答案。他說：「年輕人放駱駝時間太短了，不知道駱駝的事情。它為什麼出去，為什麼在山坡下突然蹤跡全無，為什麼十幾天後又會回來，原因只有一個，它受傷了。駱駝受傷後，不願意讓人看見，會躲到一個誰也找不到的地方去養傷，養好傷以後就自己回來了。」

原來如此。我頓時釋然。

30 長眉駝之死

長眉駝在沙漠中自由自在地吃草，我和葉賽爾坐在一根木頭上抽莫合煙。我帶來的「紅河」煙已經抽完了，便抽葉賽爾的莫合煙。葉賽爾對我抽煙有意見，他覺得我「過一會兒便點一根，過一會兒便點一根」實在是太麻煩，從早到晚嘴就不閑著。而他早上抽一根莫合煙可以管到中午，中午抽一根莫合煙可以管到晚上。他讓我抽莫合煙，我抽了一根，味道太烈，抽完後頭暈。

閑著無事可幹，我們倆便又閒聊長眉駝的事情。說著說著，便說到了長眉駝的死。我沒想到，年紀輕輕的葉賽爾，居然經歷了那麼多的關於長眉駝死亡的事情。

在這裏先寫他告訴我的一峰病死的長眉駝的故事。我已在前面寫過，駱駝在受傷後會躲在一個不被人發現的地方養傷，養好傷後才會露面。由此我們知道，駱駝只要有力氣挪動身軀，哪怕傷口再疼，流再多的血，也還是可以踐行避人養傷這一精神旨要的。但如果一峰駱駝病了，病得無法從地上爬起，它就無法踐行這一精神旨要了。

在葉賽爾的記憶裏，一直覺得那峰長眉駝真的很奇怪，說不行就不行了，趴在地上一動不動，用痛苦的眼睛望著人們，似乎乞求有誰能救它。大家猜想，它的身體內部可能得什麼病了。每年夏天外出放牧，實際上無醫也無藥，誰的牲畜要是得病了，就只能聽天由命了。但長眉駝現在已屬於稀少動物了，所以葉賽爾還是想辦法要救活它。於是捎話，打電話，終於弄來藥給它喂進了肚子裏。第二天，它有了好轉，眼睛裏不再有那麼多的痛苦了。它想掙扎著往前爬一點，但沒有成功。沒想到，過了一夜它便不行了。早晨人們發現它趴在地上不動，過去仔細一看，它已經死了。它可能是半夜死的，有螞蟻從鼻孔中出出進進，讓人看著駭然。

它趴在那裏，像一座倒了的山。平時，它邁著穩健的步伐在沙漠中行走，臨死前，想再往前爬一點，都沒能如願。一峰高大的長眉駝倒下後，就這樣讓人看著傷心。

去年，有一峰長眉駝從山上摔下來摔死了。那是葉賽爾的長眉駝最淒慘的一幕。那天，葉賽爾本不想讓長眉駝到山坡上去吃草，但山坡的另一端比較平坦，它們吃著草，不知不覺就到了山坡上。山坡的一端平坦，另一端必然陡峭，等它們意識到危險時，它們實際上已經站在了陡坡邊上，下面的陡坡上亂石密佈，無任何動物涉過的足跡。葉賽爾著急地喚它們從來路返回，但它們已經慌了，一峰擠一峰，在陡坡邊上亂成一團。有一峰長眉駝一蹄子踩空，龐大的身軀頓時像一個皮球一樣向坡下滾去，陡坡上的石頭一次次將它的身子碰得起起落落。可以看得出，它也想掙扎著站起身，但它的身子太過於沉重，加之向下摔出的慣性太大，它實際上已無力控制自己了。最後，它「咣」的一聲摔在了坡底，被它連帶下來的幾塊石頭也被摔出了聲響。它被摔得嘴裏和鼻子裏都是血，眼睛顫抖著，越來越無力地閉上了。

葉賽爾被眼前的這一幕嚇壞了，他跑過去用手搖長眉駝的頭，希望它能從地上爬起來。但它嘴一張，「噗」的一聲吐出一團黑血後，就再也不動彈了。它死了。它因為自己的身軀太過於龐大，一旦從高處摔出便無法控制。由此可見，重心對長眉駝來說是多麼重要的事情。

葉賽爾抱著它的頭哽咽著說，你太大了，你太大了……你要是像一隻羊一樣多好。他在這個地方已經歷過一次牲畜被摔的事情。有一次，他的一隻羊也從這個陡坡上摔了下來，摔到坡底，它爬起來頗為疑惑地向四周望瞭望，又去草地上吃草了。

不是所有死去的長眉駝都顯得悲愴，有一隻長眉駝的死就很感人。幾年前的一個冬天，一位牧民的一峰母駝下了兩隻小駝。它帶它們出去尋找草吃。其實，冬天的沙漠中沒有草，母駝帶小駝出去，也就是從凍土中扯出幾根草根，喂到小駝的嘴裏。它們出去一般都不會走遠，主人便也就放心地讓它們去了。

一天黃昏，起了暴風雪，天地很快一片灰暗。母駝和兩隻小駝迷路了，它們原以為向著家的方向在走，實際上卻越走越遠。半夜，母駝為了保護小駝，在一棵大樹下臥下，將兩隻小駝護在腹間，然後任大雪一層又一層落下。那是一場幾十年不遇的暴風雪，天氣冷到了零下四十多度，而地上的積雪也有一米多厚。風在恣肆，像是天地間有無數個惡魔在吼叫。那一夜間，母駝就那樣一動不動地護著兩隻小駝。它身上的雪越積越厚，寒冷像刀子一樣刺入它的皮膚，繼而又刺入了它的體內。在那樣的天氣裏，寒冷就像一個亂竄的魔法師一樣，把它能佔領的生命的肉體施以冷凍的魔法。不久，那峰母駝感到自己的軀體變得僵硬了，似乎有一個冰冷的惡魔正在一點一點地佔據著自己的身體。但它仍然一動不動，兩隻小駝已經熟睡了，它用兩條前腿和腹部為它們撐起了一個溫暖的臥床。

第二天中午，暴風雪才停了。人們在茫茫雪野中尋找它們，直到下午才找到了那峰母駝和兩隻小駝。母駝已經死了，兩隻小駝圍著它在哀號。風已經停了，但它們的哀號卻像風一樣在雪野中飄蕩。還有一隻長眉駝的死更感人，它是為尋地下水而死的，牧民們都認為它是那一年所有牧民的恩者。

沙漠雖然乾旱，但在沙丘中間卻總有小河或海子，牧民每年放牧的首選，其實也就是這些小河或海子，有了水也就有了生活最起碼的保障。這也就是人們經常說的逐水草而居，古往今來都如此。現在，牧民們都會把上一年有水的地方作為下一年的首選，到了沙漠牧場，便直奔小河或海子。但有一年卻發生了奇怪的現象，牧民們進入沙漠牧場後，卻到處都找不到小河或海子。水，莫名其妙地乾了。牧民們不知道，全球氣溫變暖已經影響到了沙漠中的小河或海子，水在短短的時間內便已經乾枯了。沒有水，人和牲畜便都無法存活，牧民們決定向別處遷徙。但轉了好幾個地方，看到的卻是同樣的境況——沒有水。

人絕望了，牲畜們發出嘶啞的哀號。有人想出了一個辦法，長眉駝可以找到地下水，因為在夏天酷熱難當時，長眉駝總是會找到一個有地下水的地方，讓自己的身體臥下。所以從畜群中放開幾隻長眉駝，它們就會去找水。這個提議讓人們像是抓住了救命的稻草，馬上從畜群中放開了幾隻長眉駝。它們很快就明白了人們的用意，低著頭向四周尋去。但一天過去了，它們沒有找到水。兩天過去了，它們還是沒有找到水。第三天，人們已經對它們不抱希望了，打算趕著牲畜到另一個地方去。他們已經打聽清楚了，有一個地方有水，如果短期內趕過去，牲畜們便不會被渴死。但就在上路的時候，卻發現一峰長眉駝失蹤了。大家在一起碰頭，覺得一峰長眉駝與已經好幾天沒喝水的畜群相比，畢竟只是一峰，而眼下當務之急是要趕緊把畜群趕到有水的地方去，否則它們會一個個倒在沙漠中。

經過幾天的遷徙，他們到了那個有水的地方。那峰長眉駝一直沒有消息，牧民想，它過幾天後可能會沿著畜群的蹄印跟到這裏來。所有的牲畜都集中到了一個地方，誰也抽不出身去找它。

一個多月之後，傳來了一個消息，在那個所有的小河和海子乾枯了的沙漠裏，發現了地下水，不遠處躺著一峰死了的長眉駝。是那峰被人們認為失蹤了的長眉駝，它找到了地下水，然後便一直在那兒等牧民，但牧民們卻一直沒有過去，它餓死在了那兒。

31 最好的記性

出來好多天了，今天，我準備和葉賽爾趕著長眉駝返回。突然，一峰長眉駝走到我跟前，用雙眼看著我，許久都不動一下。它的眼睛很大，黑黑的瞳仁像是傳遞過來了一種力量，讓我感到恐慌。它為什麼看我，而且還是緊緊地盯著我？在這一刻，我突然覺得這些天來一峰長眉駝與我之間的距離很近，或者說我們之間原本就沒有距離，只不過我一直沒有意識到而已。忽略事實的結果會讓人感到難堪，現在，一峰長眉駝就這樣緊緊地盯著我，讓我無力招架，有了想躲開的念頭。

葉賽爾說：「你被長眉駝看得不好意思了吧？」

我回答：「是是是。長眉駝的眼睛太純淨了，看得人心發慌。不過我還是不明白，它為什麼這樣看人呢，好像我身上有什麼讓它看不順眼的東西似的?!」

葉賽爾說：「你身上沒什麼讓它看不順眼的東西。它之所以這樣看你，是因為你沒有看它。你想，我們出來這麼多天了，它實際上已經很熟悉你了。它對你走跑的姿勢，說話的語速腔調，以及你的一些習慣都熟爛於心了。長眉駝是牲畜中記憶力最好的，它把你身上的這些東西看上幾眼後就記住了。如果你過幾年以後再來這裏，它也能一眼認出是你，你的樣子在它心裏裝著哩。」

「噢，是這樣。那它為什麼看我呢？」

葉賽爾說：「咱們不是要回去了嗎，它要看一看你的眼睛，看你在看到它的時候，是怎樣的神情。它會從你的神情中判斷出你心裏是否有它。」

原來是這樣。我剛才與它的目光對視時，我是惶惑不安的，它一定從我的神情中看出了我內心中沒有它。不，我心裏是有長眉駝的，尤其是這次出來和這些長眉駝生活了這麼多天，聽了很多關於長眉駝的故事，我的內心一直被它們的靈性，它們的感應，以及從它們行為中體現出的忠誠、寬闊的精神所感動。我甚至覺得長眉駝身上有一種神性，與人的心靈可以暗合或溝通，發生在它們身上的那些故事就是例證。我相信從我內心體驗到的長眉駝精神，可以從我的神情中反映出去，讓它們在看我時得到驗證。

人與長眉駝之間就這樣建立了一種極具溫情的關係。葉賽爾把一切原由告訴了我，我便知道是怎麼回事了。一個人到沙漠裏來，卻不知不覺被長眉駝記住了模樣，這是多麼幸福的一件事。而我，因為被它突然看了一眼，我也記住了它的模樣。我想，以後我要是在什麼地方突然碰到它了，我也一定能認出它，因為它黑黑的瞳仁已讓我記憶深刻。

上路了，我發現長眉駝們的神情都有些不對，它們對吃過草的地方，喝過水的小河，晚上臥下休息過的沙丘，等等，都一一又望了一遍。我知道，它們像熟知人一樣熟知這些地方，在離開時最後看一眼，就全部記在了心裏。如果葉賽爾明年還帶它們來這裏放牧，那麼它們一定會知道哪個地方有水，哪個地方的草好吃，晚上臥在哪個沙丘旁可以避風。

葉賽爾一邊往前走，一邊給我講了一個關於長眉駝的故事。有一次，一峰長眉駝在外面十幾天未回，天突然下雪了，主人不得不趕著駝群遷徙到另一個草場。雪停了後，主人正要去找它，卻見它飛奔著跑進了牧場。奇怪的是，它並不回到駝群中去，而是直接跑到主人跟前。主人見它跑得氣喘吁吁，再往它背上一看，有一雙綠綠的眼睛——啊，狼！它背上馱著一隻狼。狼驚恐地從駝背上跳下，試圖逃出牧場，但牧場上人多，很快就把它圍住打死了。原來，它在大雪天遇到了一群狼，一隻狼跳上它的背試圖咬它的脖子，它撒開四蹄就跑，狼在它快速的奔跑中既不敢跳下，也咬不著它的脖子，只好緊緊趴在它背上不動。它在跑動中判斷出主人在這樣的大雪山一定把畜群遷徙到了另一個草場，那個草場的一切都在它心裏裝著，所以它就把狼一直馱到了草場。

長眉駝記地方的本性為它們也帶來了好處。有一年一場提前降下的大雪讓牧場上的秩序亂了套，牧民們抱著小羊羔，趕著牛羊湧入一條山谷，往暖和一些的地帶轉移。當時的天氣，如果不趕緊走，就會有很多牲畜被凍死。但那條山谷太狹窄，那麼多牲畜湧入後並不能順利前行。有人提議，必須減少牲畜。但減哪些牲畜呢？人們一致想到了長眉駝。他們把長眉駝從牲畜中趕出來，讓它們冒著風雪從沙漠中穿行過去。長眉駝的記性好，在沙漠中走多遠該拐彎，在哪條河邊該向東或向西，在山腳下該進入哪一條峽谷等等，它們都清清楚楚，牧民們對它們很放心，只管讓它們去就是了。幾天後，牧民們遷徙到了一個溫暖的草場上，長眉駝們早已站在路邊等著他們。

還有一峰長眉駝，有一次主人外出放牧時摔斷了腿，它用身子把主人拱到一塊石頭上靠著，然後奔跑回牧點，對著人們嘶鳴。人們從它的聲音中判斷出它的主人出事了，便趕過去把人背回來送到了醫院。

聽著這樣的故事，我便覺得眼前的這些緩緩往前走動的長眉駝，在內心實際上早已裝下了整個沙漠。沙漠赤野千里，它們也像人一樣，一眼望不到邊，但它們裝滿了記憶的內心卻是一雙眼睛，隨時可以看到任何地方。

32

大雨在拍打長眉駝

今天是我們準備離開牧場的日子，沒想到，一場大雨從早晨下起，讓我們無法動身。雨越下越大，「嘩嘩」的雨聲像是高處的一條河流傾瀉了下來。我坐在「霍斯」裏，透過敞開的門，看著離我最近的幾峰長眉駝。看著看著，我忽然覺得奇怪——雨絲從天空中落下，狠狠地拍打在長眉駝身上，而它們像是被拍疼了似的，發出了驚恐的叫聲。

雨在拍打著長眉駝嗎？我說不清楚。這幾峰長眉駝都長得十分健壯，在大雨中紋絲不動，像訓練有素的隊伍。雨水一經落下，它們身上便發出聲響。儘管它們始終沒有動一下，但我看到它們在戰慄。在冬天的大雪中，或在風暴中，長眉駝們都可以紋絲不動，毫無懼色。但一場大雨卻讓它們在戰慄，你說奇怪不奇怪？如果說，雨在此時是無意落向大地的話，那為什麼會把幾峰長眉駝拍打出聲響呢？而且這種拍打顯然帶著一股惡意，狠狠地落到它們身上，似乎對大地生長出如此大的牲畜有些嫉妒。

也許，是生存物之間的一種歷練吧。大雨在此時是一個柔軟而又無處不在的佔領者，世界已被它悉數占盡，長眉駝除了忍受它的拍打之外，無處躲藏。這場大雨僅僅是天空在春天例行的公事。它必須下得這麼大，必須狠狠地拍打長眉駝，讓它們疼痛得發出聲響。除了這場大雨，也許大風也能把它們拍打出聲響。

也許對於長眉駝來說，必須要接受大雨的拍打，才能知道雨也並非只是輕柔的，它們一旦從天空中落下，有時候也會變成刀子。長眉駝們在平時經歷了那麼多的事情，它們一直顯得那麼堅強，但現在卻要經受雨水的拍打，在大雨中渾身發抖。這場大雨，正在實施對長眉駝的鍛造，讓它們經歷了風雪之中，再經歷一下這些柔軟的刀子，它們就變得更堅強了。但我想，這一切都是神秘的，是世界蘊藏已久的風暴和另一種方式；是大雨和長眉駝聯合起來的一次生命表演。如此看來，苦難有時候是一種秘密⋯⋯

中午，雨停了，一場狠狠地拍打也結束了。我們隨長眉駝上路，而大雨拍打長眉駝的聲響還在我心裏響動。多麼幸福啊，因為是親身經歷，我把大雨拍打長眉駝看成是一種彈奏！

後記

較之於《狼》和《鷹》，這本是寫得最快的，用十幾天時間便殺青了初稿。那十幾天我一直持續在寫，上午和下午被調整成大塊時間，完成五六千字，有時候晚上還可以再寫一些。其實我是有充足的寫作時間的，大可不必如此緊張。但我當時的心情很不好，內心充滿了難言的失落和無奈，而且還有一種憤懣，覺得自己不夠灑脫，不能從俗世和庸常中解脫出來。

說來話長，這樣糟糕的狀態其實與我的工作有關。我二〇〇二年底從軍隊轉業，幾經聯繫到新疆一家廳級機關工作。我在軍隊時好歹是個軍官，轉業按國家政策順理成章地進入了公務員行列。我知道照此下去，我這輩子便要走當官的路了。但沒幹幾天，我便對機關厭煩了。我十二年的軍旅生涯有九年在機關，已經很不願意在機關再待下去了。我覺得待在機關吃力，不自由，因為打不起精神而始終覺得比別人差。難受了一陣子，我打算調到出版社去，我覺得當編輯對我來說應該是一件並不難的事情。我去找領導談了個人的想法，領導是一位喜歡文學的人，對我說，我們局有十幾個下屬單位，你想去哪個，你挑。於是我很現實地挑選了一個經濟效益很不錯的出版社，給人教處的處長打了一聲招呼，便轉身走了。

走出那棟大樓時，我在心裏說，拜拜了，機關；拜拜了，公務員。事後我知道，很多人都為我那樣輕易地放棄公務員而為我感到可惜，但我卻覺得很輕鬆，心想這輩子不走這條路了，在另一條路上也可以走下去，說不定還可以走得更輕鬆自在一些。到了出版社後才知道，編輯要有職稱，我很高興，我調到新疆軍區創作室時從中尉轉為文職，在二〇〇二年套改了中級職稱，看來現在是可以用得上的。兩年後，我才知道，國家從二〇〇二年開始實行編輯資格考試，凡考試通過取得資格證者，才可以當編輯，這也是下次評職稱時必不可少的硬性條件。於是我報名去考。這個考試規定滿分二〇〇分，考一二〇分便可及格，但我的兩門成績離及格相差甚遠。更讓我懊喪的是，中級按規定可以考一門，而我沒有打聽清楚，居然稀裏糊塗去考了兩門。緊接著傳出的消息又讓我更懊喪，原來國家規定五年內中級可考一門，五年考不過者，以後便要考兩門了。第二年是這五年規定的最後一年，我若考不過，以後考兩門恐怕就更難了。

轉眼到了第二年九月份，我復習看書十幾天，覺得自己無望，心情很是不好。這一年我在山東和深圳遭遇了讓自己驚心動魄的事情，心情一直不好，所以打不起精神復習看書。我把考試書扔到一邊，打開電腦寫關於長眉駝的散文。我想起《突厥語大辭典》中的「你看著我，就是治療我」。寫作，這時候就真的像這句話一樣，在治療著我非常不好的心情。這本書寫完了，我抱著無所謂的心態走進考場，答題的態度不如上次認真，所用時間也比上次短，別人九十分鐘不夠用，我不到一小時便出了考場，約兩位朋友到茶館去鬥地主了。不料老天睜眼，我居然考了一三二分，可以拿到資格證了。

這本書就是這樣寫完的，說得更準確一點，這本書實際上是一部憋屈之作，以前從未有過這種現象，以後大概也不會再有。後來修改書稿時，我發現自己並沒有受當時的情緒影響，所以我基本上保留了初稿的原貌，因為我認定自己在那十幾天是完全進入到文字裏的，我要尊重我自己。

巧的是，我完成「非虛構三部曲」後，正趕上《人民文學》在力推「非虛構」作品，這本書稿以「長眉駝」為名，發表在《人民文學》二〇一〇年一一期。非虛構在西方文學中頗有地位，法國著名作家薩特曾對非虛構文學作出預言：不久之後它將成為文學最重要的形式。這幾年在中國，寫作的人越來越關注非虛構，想必經《人民文學》推廣後，這一文體會變得更加清晰。

「非虛構三部曲」至此全部寫完了。雖然這本書寫得很快，但三本書的寫作時間還是太長，前後居然持續了六七年時間。看來，以後還是少寫系列或太長的東西，這玩意兒確實對人的意志是一種嚴峻的考驗；六七年時間人生變化太多，而想讓一部作品始終保持原有的設想，或者不放棄，真的很難。

是為後記。

王族

二〇一〇・十一・二

釀文學　PG0719

駱駝
——走訪哈薩克族牧區

作　　者　王　族
責任編輯　蔡曉雯
圖文排版　譚嘉璽
封面設計　蔡瑋中

出版策劃　釀出版
製作發行　秀威資訊科技股份有限公司
114 台北市內湖區瑞光路76巷65號1樓
電話：+886-2-2796-3638　傳真：+886-2-2796-1377
服務信箱：service@showwe.com.tw
http://www.showwe.com.tw
郵政劃撥　19563868　戶名：秀威資訊科技股份有限公司
展售門市　國家書店【松江門市】
104 台北市中山區松江路209號1樓
電話：+886-2-2518-0207　傳真：+886-2-2518-0778
網路訂購　秀威網路書店：http://www.bodbooks.com.tw
國家網路書店：http://www.govbooks.com.tw
法律顧問　毛國樑　律師
總 經 銷　聯合發行股份有限公司
231新北市新店區寶橋路235巷6弄6號4F
電話：+886-2-2917-8022　傳真：+886-2-2915-6275

出版日期　2012年3月　BOD一版
定　　價　200元

Printed in Taiwan

國家圖書館出版品預行編目

駱駝：走訪哈薩克族牧區 / 王族著. -- 一版. --
臺北市：釀出版, 2012.03
面； 公分. --（釀文學；PG0719）
ISBN 978-986-6095-88-7（平裝）

855 101000935

讀者回函卡

感謝您購買本書，為提升服務品質，請填妥以下資料，將讀者回函卡直接寄回或傳真本公司，收到您的寶貴意見後，我們會收藏記錄及檢討，謝謝！

如您需要了解本公司最新出版書目、購書優惠或企劃活動，歡迎您上網查詢或下載相關資料：http:// www.showwe.com.tw

您購買的書名：______________________________

出生日期：________年________月________日

學歷：□高中（含）以下　□大專　□研究所（含）以上

職業：□製造業　□金融業　□資訊業　□軍警　□傳播業　□自由業

□服務業　□公務員　□教職　□學生　□家管　□其它_____

購書地點：□網路書店　□實體書店　□書展　□郵購　□贈閱　□其他

您從何得知本書的消息？

□網路書店　□實體書店　□網路搜尋　□電子報　□書訊　□雜誌

□傳播媒體　□親友推薦　□網站推薦　□部落格　□其他__________

您對本書的評價：（請填代號　1.非常滿意　2.滿意　3.尚可　4.再改進）

封面設計____　版面編排____　內容____　文／譯筆____　價格____

讀完書後您覺得：

□很有收穫　□有收穫　□收穫不多　□沒收穫

對我們的建議：______________________________

____

____

____

請貼
郵票

11466
台北市內湖區瑞光路 76 巷 65 號 1 樓
秀威資訊科技股份有限公司 收
BOD 數位出版事業部

（請沿線對折寄回，謝謝！）

姓　名：＿＿＿＿＿＿＿＿　年齡：＿＿＿＿　性別：□女　□男

郵遞區號：□□□□□

地　址：＿＿＿＿＿＿＿＿＿＿＿＿＿＿＿＿＿＿

聯絡電話：(日)＿＿＿＿＿＿＿＿(夜)＿＿＿＿＿＿＿＿

E-mail：＿＿＿＿＿＿＿＿＿＿＿＿＿＿＿＿＿＿